こんどうともこ 著／王愿琦 中文翻譯

元氣日語編輯小組 總策劃

U0056962

新日檢
N1
聽解

30天速成！ 新版

これ一冊あれば
「聴解」なんて怖くない！

　日本語能力試験に合格するために、がんばっていることと思います。ある人は学校の特別対策講義を受けたり、ある人は大量の試験対策問題を買い込んだり、ある人は教材は買ったものの何をどう勉強していいかわからず、ただ神様にお願いしているだけかもしれません。

　じつは、日本語能力試験はある傾向をつかめば、問題を解くコツがつかめます。それが書かれた優れた教材もいくつか出版されています。ただ、それらを如何に上手に見つけるかは、学習者の能力と運にもよるのですが……。とはいっても、それは「言語知識（文字・語彙・文法）」と「読解」においていえることです。残念なことに、「聴解」に打ち勝つコツというのは、今のところほとんど見たことがありません。

　そこで生まれたのが本書です。画期的ともいえる本書には、学習者が苦手とする間違いやすい発音や、文法などの基本的な聞き取り練習が豊富に取り入れられています。また、問題パターンについての解説もあります。流れに沿って問題を解いていくうちに、試験の傾向が自然と身につく仕組みになっているのです。さらに、頻度の高い単語や文型が種類別に列挙してあるので、覚えておくと役に立ちます。自信がついたら、後ろにある模擬試験で実力をチェックしてみましょう。自分の弱点が分かれば、あとはそれを克服するのみです。

　最後に、本書を手にとってくださった学習者のみなさまが、「聴解」への恐怖心をなくし、さらなる一歩を踏み出してくだされば幸いです。合格を心よりお祈り申し上げます。

こんどうともこ

有了這一本書，
「聽解」就不怕了！

　　相信您正為了要考過日本語能力測驗而努力著。或許有些人正讀著學校特別對應考試的講義，或許有些人買了很多對應考試的問題集，也或許有些人講義買是買了，但不知道如何去讀，只能祈求上蒼保佑。

　　其實日本語能力測驗，只要能夠掌握考題走向，便能掌握解題的要訣。而這樣出色的教材，也有好幾本已經出版了。只不過，要如何有效地找到這些教材，還得靠學習者的能力和運氣。話雖如此，這些好教材可以說也僅限於「言語知識（文字‧語彙‧文法）」和「讀解」而已。很遺憾的，有關要戰勝「聽解」要訣的書，目前幾乎一本都沒有。

　　於是，這本書醞釀而生了。也可稱之為劃時代創舉的本書，富含了學習者最棘手、容易出錯的發音或是文法等基本聽力練習。此外，就問題題型也做了解說。整本書的結構，是在按部就班解題的同時，也能自然而然了解考試的走向。再者，由於本書也分門別類列舉了出現頻率高的單字和句型，所以有助於記憶。而一旦建立了自信，請試著用附錄的擬真試題確認實力吧！若能知道自己的弱點，之後就是克服那些而已。

　　最後，如果手持本書的各位學習者，能夠因此不再害怕「聽解」，甚至讓聽力更上一層樓的話，將是我最欣慰的事。在此衷心祝福大家高分過關。

近藤知子

（元氣日語編輯小組　譯）

戰勝新日檢
掌握日語關鍵能力

元氣日語編輯小組

日本語能力測驗（日本語能力試験〔にほんごのうりょくしけん〕）是由「日本國際教育支援協會」及「日本國際交流基金會」，在日本及世界各地為日語學習者測試其日語能力的測驗。自1984年開辦，迄今超過30多年，每年報考人數節節升高，是世界上規模最大、也最具公信力的日語考試。

✳ 新日檢是什麼？

近年來，除了一般學習日語的學生之外，更有許多社會人士，為了在日本生活、就業、工作晉升等各種不同理由，參加日本語能力測驗。同時，日本語能力測驗實行30多年來，語言教育學、測驗理論等的變遷，漸有改革提案及建言。在許多專家的縝密研擬之下，自2010年起實施新制日本語能力測驗（以下簡稱新日檢），滿足各層面的日語檢定需求。

除了日語相關知識之外，新日檢更重視「活用日語」的能力，因此特別在題目中加重溝通能力的測驗。目前執行的新日檢為5級制（N1、N2、N3、N4、N5），新制的「N」除了代表「日語（Nihongo）」，也代表「新（New）」。

✳ 新日檢N1的考試科目有什麼？

新日檢N1的考試科目為「言語知識・讀解」與「聽解」二大科目，詳細考題如後文所述。

新日檢N1總分為180分，並設立各科基本分數標準，也就是總分須通過合格分數（＝通過標準）之外，各科也須達到一定成績（＝通過門檻），如果總分達到合格分數，但有一科成績未達到通過門檻，亦不算是合格。各級之總分通過標準及各分科成績通過門檻請見下表。

N1總分通過標準及各分科成績通過門檻			
總分通過標準	得分範圍	0~180	
	通過標準	100	
分科成績通過門檻	言語知識（文字‧語彙‧文法）	得分範圍	0~60
		通過門檻	19
	讀解	得分範圍	0~60
		通過門檻	19
	聽解	得分範圍	0~60
		通過門檻	19

　　從上表得知，考生必須總分100分以上，同時「言語知識（文字‧語彙‧文法）」、「讀解」、「聽解」皆不得低於19分，方能取得N1合格證書。

　　而從分數的分配來看，言語知識、讀解、聽解，分數佔比均為1/3，表示新日檢非常重視聽力與閱讀能力，要測試的就是考生的語言應用能力。

　　此外，根據官方新發表的內容，新日檢N1合格的目標，是希望考生能理解日常生活中各種狀況的日語，並對各方面的日語能有一定程度的理解。

新日檢N1程度標準		
新日檢N1	閱讀（讀解）	‧閱讀議題廣泛的報紙評論、社論等，了解複雜的句子或抽象的文章，理解文章結構及內容。 ‧閱讀各種題材深入的讀物，並能理解文脈或是詳細的意含。
	聽力（聽解）	‧在各種場合下，以自然的速度聽取對話、新聞或是演講，詳細理解話語中內容、提及人物的關係、理論架構，或是掌握對話要義。

✱ 新日檢N1的考題有什麼？

　　要準備新日檢N1，考生不能只靠死記硬背，而必須整體提升日文應用能力。考試內容整理如下表所示：

考試科目（時間）		題型			
			大題	內容	題數
言語知識（文字・語彙・文法）・讀解　考試時間110分鐘	文字・語彙	1	漢字讀音	選擇漢字的讀音	6
		2	文脈規定	根據句意選擇正確的單字	7
		3	近義詞	選擇與題目意思最接近的單字	6
		4	用法	選擇題目在句子中正確的用法	6
	文法	5	文法1（判斷文法形式）	選擇正確句型	10
		6	文法2（組合文句）	句子重組（排序）	5
		7	文章文法	文章中的填空（克漏字），根據文脈，選出適當的語彙或句型	5
	讀解	8	內容理解（短文）	閱讀題目（包含生活、工作等各式話題，約200字的文章），測驗是否理解其內容	4
		9	內容理解（中文）	閱讀題目（評論、解説、隨筆等，約500字的文章），測驗是否理解其因果關係、理由、或作者的想法	9
		10	內容理解（長文）	閱讀題目（解説、隨筆、小説等，約1000字的文章），測驗是否理解文章概要或是作者的想法	4
		11	綜合理解	比較多篇文章相關內容（約600字），並進行綜合理解	3
		12	主旨理解（長文）	閱讀社論、評論等抽象、理論的文章（約1000字），測驗是否能夠掌握其主旨或意見	4
		13	資訊檢索	閱讀題目（廣告、傳單、情報誌、書信等，約700字），測驗是否能找出必要的資訊	2

考試科目（時間）	題型			
	大題		內容	題數
聽解 考試時間 55 分鐘	1	課題理解	聽取具體的資訊，選擇適當的答案，測驗是否理解接下來該做的動作	5
	2	重點理解	先提示問題，再聽取內容並選擇正確的答案，測驗是否能掌握對話的重點	6
	3	概要理解	測驗是否能從聽力題目中，理解說話者的意圖或主張	5
	4	即時應答	聽取單方提問或會話，選擇適當的回答	11
	5	統合理解	聽取較長的內容，測驗是否能比較、整合多項資訊，理解對話內容	3

其他關於新日檢的各項改革資訊，可逕查閱「日本語能力試驗」官方網站http://www.jlpt.jp/。

✳ 台灣地區新日檢相關考試訊息

測驗日期：每年七月及十二月第一個星期日

測驗級數及測驗時間：N1、N2在下午舉行；N3、N4、N5在上午舉行

測驗地點：台北、桃園、台中、高雄

報名時間：第一回約於三～四月左右，第二回約於八～九月左右

實施機構：財團法人語言訓練測驗中心

（02）2365-5050

http://www.lttc.ntu.edu.tw/JLPT.htm

如何使用本書

　　本書將應考前最後衝刺的30天分成6大區塊，一開始先累積「聽解」的基礎知識，接著再逐項拆解五大問題，一邊解題，一邊背誦考試中可能會出現的句型和單字。跟著本書，只要30天，「聽解」就能高分過關！

✳ STEP 1　學會「非會不可的基礎知識」

　　　　第1～5天的「非會不可的基礎知識」，教您如何有系統地累積聽解實力，一舉突破日語聽力「音便」、「相似音」、「委婉說法」、「敬語」的學習障礙！

✳ STEP 2　拆解「聽解科目的五大題型」

　　　　第6～30天，每5天為一個學習單位，一一拆解聽解科目五大題型，從「會考什麼」、「考試形式」、一直到「會怎麼問」，透徹解析！

STEP 3 即刻「實戰練習 · 實戰練習解析」

　　了解每一個題型之後,立刻做考題練習。所有考題皆完全依據「日本國際教育支援協會」及「日本國際交流基金會」所公布的新日檢「最新題型」與「題數」出題。

　　測驗時聽不懂的地方請務必跟著音檔複誦,熟悉日語標準語調及說話速度,提升日語聽解應戰實力。此外,所有題目及選項,均有中文翻譯與詳細解析,可藉此釐清應考聽力的重點。

✱STEP 4 收錄「聽解必考句型‧聽解必背單字」

　　特別收錄「聽解必考句型」、「聽解必背單字」。五大題型裡經常會出現的會話口語文法、必考單字,皆補充於該題型之後,不僅可以提高答題的正確率,還可以加強自己的文法、單字實力。

✱STEP 5 附錄:擬真試題＋解析

　　附錄為一回擬真試題,實際應戰,考驗學習成效。更可以事先熟悉新日檢聽力考試現場的臨場感。擬真試題作答完畢後,再參考解析及翻譯加強學習,聽解實力再進化。

如何掃描 QR Code 下載音檔

1. 以手機內建的相機或是掃描 QR Code 的 App 掃描封面的 QR Code。
2. 點選「雲端硬碟」的連結之後，進入音檔清單畫面，接著點選畫面右上角的「三個點」。
3. 點選「新增至「已加星號」專區」一欄，星星即會變成黃色或黑色，代表加入成功。
4. 開啟電腦，打開您的「雲端硬碟」網頁，點選左側欄位的「已加星號」。
5. 選擇該音檔資料夾，點滑鼠右鍵，選擇「下載」，即可將音檔存入電腦。

目 次

第 1～5 天　非會不可的基礎知識

第 6～10 天　問題1「課題理解」

第 11～15 天　問題2「重點理解」

第 16～20 天　問題3「概要理解」

第 21～25 天　問題4「即時應答」

第 26~30 天　問題5「統合理解」

附錄　新日檢N1聽解擬真試題＋解析

第 1~5 天

非會不可的基礎知識

在分五大題進行題目解析之前,先來看看要準備哪些,才能打好穩固的聽力基礎實力!

「新日檢N1聽解」準備要領

❋ 新日檢「聽解」要求什麼？

新日檢比舊日檢更要求貼近生活的聽解能力，所以內容多是日本人在職場上、學校上、家庭上每天實際運用的日文。

❋ 如何準備新日檢「聽解」？

據說有許多考生因為找不到提升聽解能力合適的書，所以用看日劇或看日本綜藝節目的方式來練習聽力。這種學習方式並非不好，但是如果不熟悉一般對話中常出現的「口語上的省略」或「慣用表現」的話，就永遠不知道日本人實際在說什麼。因此本單元裡提供很多「非會不可的聽解基礎知識」，只要好好學習，保證您的聽解科目，有令人滿意的成績喔！

1. 了解口語「省略」與「音便」規則 MP3 01

❗ 注意

日語的表達也有「文言文」與「口語」的差異。有關口語部分，通常學校不會教，但不代表可以不會。由於此部分變化很大，量也多，所以需要花很多時間學習。一般來說，學習口語用法對在日本學習日語的人而言很簡單，因為生活裡可以學到，但對於像諸位在自己國家學習日語、再加上比較少接觸到日本人的人而言，或許是一種難懂的東西。但其實並不難！請看下面的表格，了解其變化規則，必能輕易上手！

日語口語「省略」與「音便」規則

變　　化	例　　句
のだ→んだ ……是……的	・やっぱりこれでよかったんだ。 　（←よかったのだ） 果然這樣是對的。
ている→てる 正在……	・宿題してるんだから、静かにしてよ。 　（←宿題しているのだ） 因為在寫功課，所以安靜點！
ら→ん（音便）	・そんなこと、私に聞いても知んないよ。 　（←知らない） 那種事，即使是問我也不知道耶。
り→ん（音便）	・おかえんなさい。　（←おかえりなさい） 你回來了。

變　化	例　句
れ→ん（音便）	・おなかがいっぱいで、もう食べらんない。 　（←食べられない） 因為肚子太飽，所以已經不能吃了。
と言っている→って 説	・お母さんが「勉強しろ」って。 　（←と言っている） 媽媽説：「你要唸書！」
と言っても→ったって 雖然説……也……	・急げったって、まだ洋服も着てないよ。 　（←急げと言っても） 你説要快，但還沒穿衣服耶。
でも→だって 再怎麼……，也沒有……	・どんなに大声で呼んだって、誰も気づかないよ。　（←呼んでも） 再怎麼大聲叫，也沒有人會發現喔。
ておく→とく 先做好	・ご飯食べたら、宿題やっとくのよ。 　（←やっておく） 吃完飯後，要先寫好功課喔。
けれど→けど 雖然……，但……	・二時間も待ったけど、彼は来なかったの。 　（←待ったけれど） 雖然等了二個小時，但他沒有來耶。
きは→きゃ ……的是、……一事	・最近の子は、大人の言うことを聞きゃしない。（←聞きはしない） 最近的孩子，都不聽大人説的話。
れば→りゃ 如果……的話	・Googleマップを見りゃ、すぐ分かるよ。 　（←見れば） 如果看Google地圖的話，立刻就會知道唷。

變　化	例　句
けば→きゃ 如果……的話	・何でも先生に聞きゃいいってもんじゃない。 （←聞けば） 哪能什麼事情都問老師。
せば→しゃ 不做的話	・そんなことよしゃいいのに。（←よせば） 不要做那種事就好了。
ては→ちゃ 要是……的話	・タバコを吸いすぎちゃ、体によくないよ。 （←吸いすぎては） 要是抽太多菸，對身體不好喔。
では→じゃ 要是……的話	・そんなにたくさん飲んじゃ、明日の朝、つらいよ。（←飲んでは） 要是喝那麼多的話，明天早上會很難受喔。
てしまう→ちゃう 表示完成、感慨、遺憾	・仕事しないで遊んでばかりいると、彼女に嫌われちゃうよ。（←嫌われてしまう） 不工作一直在玩的話，會被女朋友討厭喔。
もの→もん 因為、由於	・A：どうして遅刻したの。 　B：だって電車が遅れたんだもん。 　　（←遅れたんだもの） A：為什麼遲到了啊？ B：因為電車延遲了嘛。
など→なんか 之類的	・A：コーヒーなんかどう？ 　　（←コーヒーなど） 　B：うん。 A：要不要喝咖啡啊？ B：嗯。

變　　化	例　　句
なにか→なんか 什麼……	・なんかしたいことないの？（←なにか） 　沒有想要做的事嗎？
ほんとうに→ほんとに 真的	・ほんとにおいしいね。（←ほんとうに） 　真的好吃耶！
すみません→ すいません 對不起、不好意思	・すいません、私のミスです。 　（←すみません） 　對不起，是我的錯。

▶▶▶ 2. 了解「相似音」的差異 MP3 02

❗注意

聽考題的時候，請注意有沒有濁音（ ゛）、半濁音（ ゜）、促音（っ・ッ）、長音（拉長的音・ー）、撥音（ん・ン）、拗音（ゃ/ゅ/ょ・ャ/ュ/ョ）等等。有沒有這些音，意思就會完全不一樣喔！

日語「相似音」的差異

	有	無
濁音	ぶた（豚）0 名 豬 ざる（笊）0 名 竹簍 しばい（芝居）0 名 戲劇	ふた（蓋）0 名 蓋子 さる（猿）1 名 猴子 しはい（支配）1 名 支配、控制
半濁音	ぽかぽか 1 副 暖和地 ぺらぺら 1 0 ナ形 副 説得流利、 　翻頁、單薄	ほかほか 1 副 熱呼呼地 へらへら 1 副 傻笑貌

	有	無
半濁音	プリン 1 名 布丁 ペン 1 名 筆	ふりん（不倫） 0 名 外遇 へん（変） 1 名 ナ形 奇怪
促音	しょっちゅう 1 副 經常 マッチ 1 名 火柴 きって（切手） 0 名 郵票	しょちゅう（暑中） 0 名 盛夏 まち（町） 2 名 城鎮 きて（来て／着て） 1／0 動 來／穿
長音	おばあさん 2 名 祖母、外祖母、 （指年老的婦女）老奶奶、老婆婆 おじいさん 2 名 祖父、外祖父、 （指年老的男性）老公公、老爺爺 ステーキ 2 名 牛排	おばさん 0 名 伯母、叔母、舅母、 姑母、姨母、（指中年婦女）阿姨 おじさん 0 名 伯父、叔父、舅舅、 姑丈、姨丈、（指中年男子）叔叔 すてき（素敵） 0 ナ形 極好、極 漂亮
撥音	きりん（麒麟） 0 名 長頸鹿 かんけい（関係） 0 名 關係	きり（霧） 0 名 霧 かけい（家計／家系） 0／0 名 家計／血統
拗音	きゃく（客） 0 名 客人 りょこう（旅行） 0 名 旅行 じょゆう（女優） 0 名 女演員 びょういん（病院） 0 名 醫院	きく（菊） 0 名 菊花 りこう（利口） 0 名 ナ形 聰明、 機靈、周到 じゆう（自由） 2 名 自由 びよういん（美容院） 2 名 美容院

3.「委婉說法」的判斷方法 MP3 03

❗ 注意

日本人説話時，常會出現繞了一大圈反而意思更不清楚，或者説得太委婉反而讓對方聽不懂説話者到底想説什麼的情況。如果沒有注意聽，「した」（做了）還是「しなかった」（沒做）、「行く」（要去）還是「行

日語的「委婉説法」

表　達	事　實
すればいいんだけど 要是有做該有多好	沒有做（明明知道做比較好，但卻沒有做）
するつもりはない 沒有做……的打算	不做（強烈的意志）
するつもりはなかったんだけど 沒有打算做，但……	做了，但後悔
するつもりだったんだけど 打算做，但……	但結果沒做或做不到
しなければいいのに 要是不做就好了……	本來不想做，但還是做了
してたらよかった 要是……就好了	後悔自己沒做的事
しないでよかった 還好沒有做	滿足於自己沒做的事

かない」（不要去）等根本無法判斷。所以多認識不同狀況的「表達」和「事實」的差別，也就是「委婉說法」，絕對可以提升您的聽力喔！

例　句
本当（ほんとう）はもっと練習（れんしゅう）すればいいんだけど……。 要是多練習就好了……。
人（ひと）にお金（かね）を借（か）りてまで、留学（りゅうがく）するつもりはない。 沒有向人家借錢去留學的打算。
カンニングするつもりはなかったんだけど、ついしてしまった。 本來沒有打算作弊，但不小心做了。
百点（ひゃくてん）を取（と）るつもりだったんだけど、だめだった。 原本打算拿一百分，但結果不行。
先生（せんせい）に叱（しか）られることはしなければいいのに……。 要是不做被老師罵的事就好了……。
電車（でんしゃ）で出勤（しゅっきん）してたらよかったのに……。 要是坐電車上班就好了……。
去年（きょねん）の受験（じゅけん）の時（とき）、あきらめないでよかった。 去年應考時，沒有放棄真好。

表　達	事　實
したことにする 當作……、算作……	沒有做
しなかったことにする 當作沒有做	做了
するところだった 那可就、險些	差一點做，但沒有做
していなかったら 沒有……的話	做了
していたら 如果……的話	沒有做
しなくてよかったんだ （原來）不……也可以	後悔有做的事
しなければよかった 要是不做……就好了	不做也沒關係
しないといけなかった （原來）非……不可	忘了做
してよかった 做了真好	滿足有做的事

例　句

昨日（きのう）の夜（よる）は、きみと飲（の）んでたことにしてくれない？

當作昨天晚上我是和你喝酒好嗎？

今（いま）の話（はなし）は聞（き）かなかったことにしよう。

剛才的話就當作沒聽見吧。

もう少（すこ）しで忘（わす）れるところだった。

差一點忘了。

あの時（とき）手術（しゅじゅつ）していなかったら、危（あぶ）なかったそうよ。

據説那時候沒有開刀的話，很危險的唷。

もし彼（かれ）と結婚（けっこん）していたら、今（いま）ごろ大企業（だいきぎょう）の社長（しゃちょう）夫人（ふじん）だったはず

なのに……。

如果和他結婚的話，現在應該是大公司的社長夫人……。

洗（あら）わなくてよかったんだ。

原來不洗也沒關係啊。

あんな約束（やくそく）、しなければよかった。

如果不做那種約定就好了。

パスワードを入力（にゅうりょく）しないといけなかったんだった。

原來非輸入密碼不可噢。

彼（かれ）と別（わか）れてよかった。

和他分手了真好。

❶ 注意

聽解考題裡，由於常會出現上下關係很明顯的場面，所以高難度的「敬語」也不可不學習。説到「敬語」，其實有些連日本人都會説錯，比方説您聽過「恐れ入ります」這句話嗎？「恐れ」（恐怖）？其實意思就是「謝謝您」，但是聽起來和「ありがとうございました」（謝謝您）完全不同吧。雖然有點難度，但一旦背起來，下次遇到日本客人並使用這句話的話，對方將對您完全改觀，且有可能會收到大量訂單喔！所以不要怕錯！只要漸漸熟悉，自然而然就會變成敬語達人！

新日檢「聽解」裡常聽到的敬語

敬語說法	一般說法
恐れ入ります。 非常感謝。	ありがとうございます。 謝謝您。 すみません。 不好意思。
恐れ入りますが……。 很抱歉……。	すみませんが……。 不好意思……。
お伝え願えますか。 可以拜託您轉達嗎？	伝えてくれますか。 可以（幫我）傳達嗎？
お越し願えませんか。 可以勞駕您來一趟嗎？	来てくれませんか。 可不可以請你來？

敬語說法	一般說法
お電話させていただきます。 請讓我來打電話。	電話します。 我來打電話。
お電話さしあげます。 讓我來（為您）打電話。	電話します。 我來打電話。
お電話いただけますか。 可以麻煩您幫忙打電話嗎？	電話してもらえますか。 可以幫忙打電話嗎？
お電話ちょうだいできますか。 可以請您打電話給我嗎？	電話もらえますか。 可以打電話給我嗎？
今、何とおっしゃいましたか。 您剛才說了什麼呢？	今、何と言いましたか。 你剛才說了什麼？
何になさいますか。 您決定要什麼呢？	何にしますか。 你決定要什麼呢？
どういたしましょうか。 如何是好呢？	どうしましょうか。 怎麼辦呢？
拝見します。 拜見。	見ます。 看。
ご覧ください。 請過目。	見てください。 請看。
承りました。 聽到了。	聞きました。 聽見了。
かしこまりました。 遵命。	分かりました。 知道了。

❗ **注意**

相信各位已從前面學到不少好用的規則，有「省略」、「音便」、「相似音」、「委婉說法」、「敬語」，透過這些規則來考試，必能輕鬆如意。接下來，請各位熟悉考試的型態，這對應考大有幫助。一起練習看看吧！

まず、問題を聞いてください。それから正しい答えを一つ選んでください。

問題1

> 何と言いましたか。正しいほうを選んでください。

① A）ぜんぜん聞きゃしない。
　 B）ぜんぜん聞きはしない。

② A）もう食べられないよ。
　 B）もう食べらんないよ。

③ A）そんなところに書いちゃだめよ。
　 B）そんなところに書いてはだめよ。

④ A）どうせがんばったってむりだもん。
　 B）どうせがんばってもむりだもの。

⑤ A）お母さんが帰ってくるまでに勉強しておきなさい。
　 B）お母さんが帰ってくるまでに勉強しときなさい。

⑥ A）そんなことよしゃいいのに。

　 B）そんなことよせばいいのに。

何と言いましたか。正しいほうを選んでください。

① A）ぶた　　　　　　　B）ふた

② A）へん　　　　　　　B）ペン

③ A）おばあさん　　　　B）おばさん

④ A）びょういん　　　　B）びよういん

⑤ A）すてき　　　　　　B）ステーキ

⑥ A）きりん　　　　　　B）きり

問題3

内容の正しいほうを選んでください。

① A）気がついた。
　 B）気がつかなかった。

② A）もう予約した。
　 B）まだ予約していない。

③ A）田中さんとお酒を飲んだ。
　 B）田中さんとお酒を飲んでいない。

④A) あの電車に乗っていた。

B) あの電車に乗っていなかった。

⑤A) 毎日いっしょうけんめい練習している。

B) ときどきは練習しているが、毎日ではない。

⑥A) 納豆を食べる。

B) 納豆を食べない。

問題4

> 若い女の子と女の人が話しています。女の人の答えはどちらの意味ですか。正しいほうを選んでください。

①A) 木村先生のことを知っている。

B) 木村先生のことを知らない。

②A) 問題はないと思う。

B) その問題については知らない。

③A) 考えておく。

B) 分かった。

④A) よかったら写真を撮ってほしい。

B) できれば写真を撮らないでほしい。

⑤A) 今井さんに電話してほしい。

B) 自分であとから電話する。

⑥A) 名前はここに書く。

B) 名前はここに書かない。

何と言いましたか。正しいほうを選んでください。

説了什麼呢？請選出正確答案。

① A) ぜんぜん聞きゃしない。

完全沒有聽進去。

② A) もう食べられないよ。

已經沒辦法吃啦。

③ B) そんなところに書いてはだめよ。

不可以寫在那種地方唷。

④ A) どうせがんばったってむりだもん。

反正不管再怎麼努力也沒用嘛。

⑤ B) お母さんが帰ってくるまでに勉強しときなさい。

在媽媽回來之前，把書唸好！

⑥ A) そんなことよしゃいいのに。

那種事不要做就好了。

何と言いましたか。正しいほうを選んでください。

説了什麼呢？請選出正確答案。

① A）ぶた 豬　　　　　　　　B）ふた 蓋子

② A）へん 奇怪　　　　　　　B）ペン 筆

③ A）おばあさん 奶奶、老婦女　B）おばさん 伯母、阿姨

④ A）びょういん 醫院　　　　　B）びよういん 美容院

⑤ A）すてき 極棒、極漂亮　　　B）ステーキ 牛排

⑥ A）きりん 長頸鹿　　　　　　B）きり 霧

もんだい
問題3

内容の正しいほうを選んでください。

請選出正確內容。

① 早く気がついてよかったね。 有早點發現真好啊。

　A）気がついた。 發現了。

　B）気がつかなかった。 沒有發現。

② 知らなかったよ。予約しなくてもよかったんだ。

　不知道耶。原來不需要預約喔。

　A）もう予約した。 已經預約了。

　B）まだ予約していない。 還沒有預約。

③ 昨日の夜、田中といっしょに飲んでたことにしてくれない？

當作昨天晚上我是和田中一起喝酒好嗎？

A）田中さんとお酒を飲んだ。 和田中先生喝了酒。

B）田中さんとお酒を飲んでいない。 和田中先生沒有喝酒。

④ あの電車に乗ってたら、私たちも事故に遭ってましたね。

萬一坐了那一班電車的話，我們也會遇到交通事故啊。

A）あの電車に乗っていた。 坐了那一班電車。

B）あの電車に乗っていなかった。 沒有坐那一班電車。

⑤ 毎日きちんと練習すれば、上手になるのは分かってるん

だけどね……。

雖然知道每天好好練習就會變厲害，但是……。

A）毎日いっしょうけんめい練習している。 每天拚命練習。

B）ときどきは練習しているが、毎日ではない。

有時候會練習，但不是每天。

⑥ 納豆はそれほど好きじゃないけど、食べないこともないよ。

雖然沒有那麼喜歡納豆，但也沒有不吃唷。

A）納豆を食べる。 吃納豆。

B）納豆を食べない。 不吃納豆。

若い女の子と女の人が話しています。女の人の答えはどちらの意味
ですか。正しいほうを選んでください。

年輕女孩和女人正在説話。女人的回答是哪個意思呢？請選出正確答案。

① 若い女の子：木村先生をご存知ですか。

年輕女孩：您認識木村老師嗎？

女の人：高校二年のときの担任です。

女人：是高中二年級時的班級導師。

A) 木村先生のことを知っている。　認識木村老師。

B) 木村先生のことを知らない。　不認識木村老師。

② 若い女の子：この件について、どう思われますか。

年輕女孩：關於這件事，您的看法如何？

女の人：とくに問題はないかと存じますが……。

女人：我認為沒有太大的問題……。

A) 問題はないと思う。　覺得沒有問題。

B) その問題については知らない。　有關那個問題（我）不知道。

③ 若い女の子：あさっての午後三時までに着くように送っていただけ

　　　　　　ますか。

年輕女孩：可以幫我寄出並在後天下午三點前送達嗎？

女の人：いいよ。

女人：可以喔。

A) 考えておく。　會先考慮。

B) 分かった。　知道了。

④ 若い女の子：ここで写真を撮ってもいいですか。

年輕女孩：可不可以在這裡照相？

女の人：恐れ入りますが、ご遠慮願えませんか。

女人：非常抱歉，請勿照相。

A）よかったら写真を撮ってほしい。 可以的話，希望拍照。

B）できれば写真を撮らないでほしい。 可以的話，希望不要拍照。

⑤ 若い女の子：今井はただいま席をはずしておりますが、あとで電話
　　　　　　させますので、お電話番号をちょうだいできますか。

年輕女孩：因為今井目前不在位子上，之後會叫他打電話給您，所以可以給我
　　　　　您的電話號碼嗎？

女の人：またお電話させていただきますので、だいじょうぶです。

女人：我會再打電話，所以沒關係。

A）今井さんに電話してほしい。 希望今井先生打電話給我。

B）自分であとから電話する。 我自己之後會打電話。

⑥ 若い女の子：名前はここに書いとけばいいんですよね。

年輕女孩：名字寫在這裡就可以吧。

女の人：ええ、恐れ入ります。お席が空き次第、ご案内いたします
　　　　ので、もうしばらくお待ちください。

女人：是的，不好意思。一有空位馬上為您帶位，所以請稍微等一下。

A）名前はここに書く。 名字寫在這裡。

B）名前はここに書かない。 名字不寫在這裡。

問題1「課題理解」

考試科目 （時間）	題型			
	大題		內容	題數
聽解55分鐘	1	課題理解	聽取具體的資訊，選擇適當的答案，測驗是否理解接下來該做的動作	5
	2	重點理解	先提示問題，再聽取內容並選擇正確的答案，測驗是否能掌握對話的重點	6
	3	概要理解	測驗是否能從聽力題目中，理解說話者的意圖或主張	5
	4	即時應答	聽取單方提問或會話，選擇適當的回答	11
	5	統合理解	聽取較長的內容，測驗是否能比較、整合多項資訊，理解對話內容	3

▶▶▶ 問題 1 注意事項

✱「問題1」會考什麼？

聽取具體的資訊，選擇適當的答案，測驗是否理解接下來該做的動作。比方說判斷要用什麼交通工具去、買幾杯飲料或需要多少時間等等。

✱「問題1」的考試形式？

考試題型有二種，一種為「圖案的形式」，另外一種為「文字的形式」。共有六個小題。答題方式為先聽情境提示和問題，接著從圖或選項中選出正確答案。

✱「問題1」會怎麼問？ **MP3 06**

・男の人と女の人が話しています。2人はこのあと何を食べることにしましたか。

男人和女人正在說話。二個人決定接下來要吃什麼了呢？

・女の人と男の人が天気について話しています。女の人は、明日の天気はどうだと言いましたか。

女人和男人，就天氣正說著話。女人說明天的天氣如何呢？

・男の人が漫画の貸し出しについて女の人と話しています。女の人はいつまでに返さなければなりませんか。

男人正就出租漫畫和女人說著話。女人什麼時候之前非還不可呢？

▶▶▶ 問題 1 實戰練習

問題1
<small>もんだい</small>

> 問題1では、まず質問を聞いてください。それから話を聞いて、問題用紙の1から4の中から、最もよいものを一つえらんでください。
> <small>もんだい</small> <small>しつもん</small> <small>き</small> <small>はなし</small> <small>き</small> <small>もん</small>
> <small>だいようし</small> <small>なか</small> <small>もっと</small> <small>ひと</small>

番 MP3 07
<small>ばん</small>

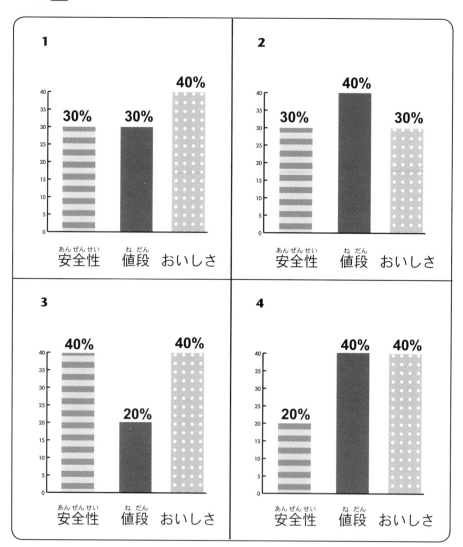

❹番 MP3 10

1. 台所をぴかぴかに磨く

2. コピー機の周りを掃除する

3. 会議室を掃除する

4. 外にごみを捨てに行く

❺番 MP3 11

1. タクシーで病院に行く

2. りんごをむいて食べる

3. 生姜汁を作って飲む

4. お風呂に入って温まる

❻番 MP3 12

1. お茶とおせんべい

2. 厚い靴下

3. チョコレートケーキ

4. 生クリームケーキ

問題 1 實戰練習解析

問題1

> 問題1では、まず質問を聞いてください。それから話を聞いて、問題用紙の1から4の中から、最もよいものを一つえらんでください。
>
> 問題1，請先聽問題。接下來聽會話，從試題紙的1到4裡面，選出一個最適當的答案。

（M：男性、男孩　F：女性、女孩）

1番 MP3 07

女の人と男の人が携帯電話で話しています。女の人はどこで男の人を待ちますか。

F：もしもし、杉田です。

M：今どちらですか。

F：ちょっと早く駅についたので切符を買ってからぶらぶらしていたら、迷子になっちゃったみたいなんです。

M：それは大変だ。近くにお店とか改札口とかありますか。

F：新聞とか飲み物を売ってる売店があります。

M：切符売り場近くの売店ですか、それとも改札口のそばにある売店ですか。

F：えっとー、ちょっと待ってください。ああ、改札口のそばにある売店です。

M：ってことは、もう切符を買って中に入っちゃったってことですよね。

F：ええ。

M：じゃ、そこで待っていてください。今すぐ行きますから。くれぐれも動かないように。

F：はい。

女の人はどこで男の人を待ちますか。

女人和男人用行動電話正在説話。女人在哪裡等男人呢？

F：喂、喂，我是杉田。

M：現在在哪裡呢？

F：因為比較早到車站，所以買完車票以後晃來晃去，結果好像迷路了。

M：那可糟啦。附近有商店或剪票口嗎？

F：有賣報紙或是飲料的商店。

M：是賣票附近的商店，還是剪票口旁邊的商店呢？

F：這個嘛～，請稍等。啊，是剪票口旁邊的商店。

M：也就是説，已經買好車票進到裡面囉？

F：是的。

M：那麼，請在那邊等。我現在馬上過去。妳千萬別亂跑。

F：好的。

女人在哪裡等男人呢？

答案：4

❷番 MP3 08

女の人と男の人が、商品の売り上げアップについて話しています。2人はどれを見ながら話していますか。

F ：今月の営業成績、先月よりだいぶアップしたね。

M：今月は俺たち、だいぶがんばったからな。

F ：うん。このまま行くと、うちの売り上げ成績、トップかも。

M：そうはいってられないよ。噂によるとA社、宣伝費も大幅アップして、CMも作るらしいんだ。

F ：でも、うちは値段の安さとおいしさで勝負でしょ。ほら見て、このグラフ。

M：営業が先週出した、うちの商品を支持するお客さんのアンケート調査結果か。これを見るとよく分かるな、俺たちの商品に足りないものが。

F ：本当ね。あとはこの20パーセントの部分をいかにアップさせるかね。

2人はどれを見ながら話していますか。

女人和男人，就商品銷售額提高的事正在說話。二人是一邊看著哪個、一邊說著話呢？

F ：這個月的營業成績，比上個月提高很多呢。

M：因為這個月，我們很認真吧。

F ：嗯。照這樣下去，我們的銷售成績，說不定會第一。

M：沒那麼好的事啦！根據小道消息，A公司不但大幅提高宣傳費，好像還做了廣告。

F ：可是，我們是用價格便宜和美味來輸贏的，不是嗎？你看，這個圖表。

M：是營業（部門）上星期提出來、支持我們的商品的顧客問卷調查結果啊？看這個就知道吧！我們的商品還不夠的地方。

F ：真的耶。還有，要如何讓這個20％的部份提升呢。

二人是一邊看著哪個、一邊說著話呢？

答案：4

おんな ひと おとこ ひと し けんかいじょう い ほうほう はな おとこ
女の人と男の人が、試験会場まで行く方法について話しています。男の
ひと し けんかいじょう なに い
人は、試験会場まで何で行くことにしましたか。

M：どうしてもっと早く起こしてくれなかったんだよ。もう遅刻だよ。

F：何度も起こしたでしょ。ほら、朝ごはん。食べないと力出ないわ
　　よ。

M：時間ないからいらない。それより電車の時間、調べて！

F：電車じゃ間に合わないわよ。ちょうどいい時間に来るとは限らない
　　し。

M：そりゃそうだね。じゃ、バイクで行く。

F：バイクはだめ！急いでるときは、事故起こしやすいんだから。
　　タクシー呼ぶから、それまでごはん食べてなさい。

M：うん、そうする。

おとこ ひと し けんかいじょう なに い
男の人は、試験会場まで何で行くことにしましたか。

女人和男人，就要去考試會場的方法，正在說話。男人決定用什麼方法到考試會場呢？

M：為什麼不更早一點叫我呢！已經遲到了啦！

F ：不是已經叫了好幾次了嗎！喂，早餐。不吃的話沒力氣喔！

M：沒時間了，不吃了。比起那個，電車的時間，查一下！

F ：電車的話來不及啦！而且也不一定會在剛剛好的時間來。

M：說的也是。那麼，騎摩托車去。

F ：不可以騎摩托車！因為一急就容易出車禍。我來叫計程車，所以車來之前先
　　吃飯。

M：嗯，就決定那樣。

男人決定用什麼方法到考試會場呢？

答案：1

4番 MP3 **10**

女の人がオフィスの清掃について男の人と話しています。女の人は、このあとまず何をしなければなりませんか。

F：清掃派遣会社の者ですが。

M：あれっ、新しい人？

F：はい。今までの人はご家族が病気だとかで……。

M：そう。じゃ、よろしくね。分からないことがあったら、僕に何でも聞いて。

F：ありがとうございます。じゃ、早速ですが、このごみはどちらに処分したらいいですか。

M：そこに置いといてくれればいいよ。あとで担当の人が持ってってくれるから。それより、台所がかなり汚れてるから、念入りに頼むよ。

F：そちらでしたら、もう済ませました。ぴかぴかに磨いておきましたから、ご安心ください。

M：そう、それはよかった。コピー機の周りはもうやってくれたかな。

F：いえ、そちらはまだです。

M：じゃ、コピー機の周りをきれいにしてから、会議室のほうやってくれる？今、まだ会議中だけど、もうすぐ終わるから。

F：分かりました。

女の人は、このあとまず何をしなければなりませんか。

1. 台所をぴかぴかに磨く
2. コピー機の周りを掃除する
3. 会議室を掃除する
4. 外にごみを捨てに行く

女人就辦公室清掃，和男人正在説話。女人之後非先做什麼不可呢？

F：我是清掃派遣公司的人。

M：咦，妳是新人？

F：是的。之前來的人説是家人生病⋯⋯。

M：這樣啊。那麼，麻煩妳囉。如果有不懂的地方，什麼都可以問我。

F：謝謝您。那麼，馬上請教您，這個垃圾要丟到哪裡比較好呢？

M：放在那裡就可以了。因為等一下負責的人會拿走。比起那個，因為廚房相當
　　髒，所以麻煩仔細些！

F：那裡的話，已經處理完畢了。刷洗得閃閃發亮了，所以請放心。

M：這樣啊，那太好了。影印機四周也已經弄好了吧。

F：不，那裡還沒有。

M：那麼，影印機四周打掃乾淨後，可以打掃會議室嗎？現在，雖然還在開會，
　　但是馬上會結束。

F：知道了。

女人之後非先做什麼不可呢？
1 將廚房刷洗得閃閃發亮
2 打掃影印機的四周
3 打掃會議室
4 到外面丟垃圾

答案：2

⑤番 MP3 11

女の人が風邪の治療について男の人に話しています。男の人は、このあと何をすることになりましたか。

F：風邪、まだ治ってないみたいね。

M：そうなんだ。熱が３７度ちょっとあって、せきと下痢もひどいし。

F：きちんと食べてる？

M：食欲なんか、ぜんぜんないよ。

F：それじゃ、いつまでたっても治らないよ。

M：分かってるんだけど、食べるとすぐお腹が痛くなっちゃって。

F：白いお粥とか、りんごとかは？消化がいいから、負担にならないはずだよ。

M：昨日食べたけど、やっぱり下痢しちゃって。

F：それなら、生姜をすりおろして、熱いお湯に入れて飲むのは？生姜なら、体も温めてくれるし。今すぐやってみて！

M：そうだね。とりあえずお風呂に入ってから、作ってみるよ。

F：だめだめ！風邪ひいてるときにお風呂になんて入ったら、もっとひどくなっちゃうよ。

M：えー？知らなかった。

男<ruby>の<rt></rt></ruby>人<ruby>ひと<rt></rt></ruby>は、このあと何<ruby>なに<rt></rt></ruby>をすることになりましたか。

1. タクシーで病院<ruby>びょういん<rt></rt></ruby>に行<ruby>い<rt></rt></ruby>く

2. りんごをむいて食<ruby>た<rt></rt></ruby>べる

3. 生姜汁<ruby>しょうがじる<rt></rt></ruby>を作<ruby>つく<rt></rt></ruby>って飲<ruby>の<rt></rt></ruby>む

4. お風呂<ruby>ふろ<rt></rt></ruby>に入<ruby>はい<rt></rt></ruby>って温<ruby>あたた<rt></rt></ruby>まる

女人就治療感冒，正和男人説話。男人之後要做什麼呢？

F ：感冒，好像還沒好耶。

M：是啊。發燒還有三十七度多，咳嗽和拉肚子也很嚴重。

F ：有好好吃東西嗎？

M：一點食慾都沒有啊。

F ：如果這樣，再久也不會好喔。

M：知道歸知道，可是一吃肚子就會痛。

F ：白稀飯、或者是蘋果呢？因為好消化，所以應該不會造成負擔喔。

M：昨天吃了，可是還是拉肚子了。

F ：那麼，把生薑磨成泥，放到熱開水裡喝呢？生薑還可以溫暖身子。現在就試
　　試看！

M：也是啊。我先泡熱水澡，之後做來試試看囉。

F ：不行、不行！感冒的時候泡澡，會變得更嚴重喔。

M：咦～？我都不知道。

男人之後要做什麼呢？

1 搭計程車到醫院

2 削蘋果吃

3 做薑湯喝

4 泡澡暖身

答案：3

6番 MP3 12

女の人と男の人が、持って行くおみやげについて話しています。女の人は、あと何を買わなければなりませんか。

F：お父さんはお茶が好きだから、お茶とおせんべいでいいよね。

M：そうだね。こんなにあったら、半年は飲めるよ。

F：お母さんには……。

M：これはどう？だいぶ寒くなってきたから、こういう厚い靴下、喜ぶんじゃないかな。

F：うん、そのつもりで買っておいたの。お母さん、あなたと同じで寒がりだもんね。でもこれだけでいいかしら。

M：十分だよ。お茶もあるし。

F：由紀ちゃんには……。

M：由紀には、おみやげなんていいよ。

F：そんなわけにはいかないわよ。由紀ちゃんだけないなんて。

M：じゃ、この母さんと色ちがいの靴下あげたら？

F：若い子は、こんなのだめよ。由紀ちゃん、甘いものが好きだから、ケーキ買ってくる。いちごがたくさんのってるチョコレートケーキ。

M：俺は生クリームのほうがいいな。

F：あなたの好みはどうでもいいの！

女の人は、あと何を買わなければなりませんか。

1 お茶とおせんべい

2 厚い靴下

3 チョコレートケーキ

4 生クリームケーキ

女人和男人，就要帶去的禮物正在說話。女人之後非買什麼不可呢？

F：爸爸喜歡茶，所以帶茶葉和仙貝可以吧。

M：是啊。這麼多，夠喝半年吧。

F：給媽媽的呢……。

M：這個如何？變得滿冷的，所以這樣的厚襪子，應該會喜歡吧？

F：嗯，就是那樣想才買下來的。因為媽媽和你一樣，都怕冷呢。但是只有這樣可以嗎？

M：很夠了啦！還有茶葉耶。

F：給由紀的呢……。

M：由紀不用禮物吧。

F：哪有這回事啊。怎麼可以只有由紀沒有。

M：那麼，送她和媽媽一樣但顏色不同的襪子呢？

F：年輕女孩，送這個不行啦！由紀喜歡甜食，所以買蛋糕去。放很多草莓的巧克力蛋糕。

M：我喜歡鮮奶油的。

F：我管你喜歡什麼！

女人之後非買什麼不可呢？

1 茶葉和仙貝

2 厚襪子

3 巧克力蛋糕

4 鮮奶油蛋糕

答案：3

1 ってことは　也就是說

　　「ということは」的省略形式。表示前面說的事情之具體事實。

・ってことは、もう切符を買って中に入っちゃったってことですよ
ね。

　也就是說,已經買好車票進到裡面囉?

・ってことは、来年、アメリカ人と結婚するってこと。

　也就是說,明年,你要和美國人結婚?

2 かも　也許、說不定、可能

　　「かもしれない」的口語形式。偶爾會出現「かもよ」、「かも
ね」等形式。

・このまま行くと、うちの売り上げ成績、トップかも。

　照這樣下去,我們的銷售成績,說不定會第一。

・A：来週の社員旅行、行く?

　B：行かないかも。

　Ａ：下禮拜的員工旅遊,去嗎?

　Ｂ：說不定不去。

3 でしょ ……吧？、……不是嗎？

「だろう」的口語、「でしょう」的省略形式。「だろう」一般是男性使用，「でしょう」或「でしょ」則是男女都可以使用。表示確認，含有希望聽話者能表示同意的期待。

・でも、うちは値段の安さとおいしさで勝負でしょ。

可是，我們是用價格便宜和美味來論輸贏的，不是嗎？

・A：中田さんも行くでしょ。

　B：もちろん。

　A：中田先生也會去吧？

　B：當然。

4 とか 據說……、說是……、因為……

意思為原因，表示原因或理由部分是從別人那裡聽到的。

・今までの人はご家族が病気だとかで……。

之前來的人說是家人生病……。

・部長は用事があるとかで、遅れるって。

部長說是有事，會晚點來唷。

5 なんか 才不……呢、怎麼會……、……之類的

「など」的口語，偶爾以「なんか……ものか（＝もんか）」的形式出現。

・食欲なんかぜんぜんないよ。

一點食慾都沒有啊。

・あんなやつなんか二度と相手にするものか。

我才不會再理那種傢伙呢。

6 でいい ……就可以、……就行

表示允許或讓步。與「でもいい」意思相同，但「でいい」只用於口語。

・お父さんはお茶が好きだから、お茶とおせんべいでいいよね。

爸爸喜歡茶，所以帶茶葉和仙貝就可以吧。

・500円でいいから、貸してくれない。

500日圓就好，你能借給我嗎？

食物篇

1 飲み物 / ドリンク 2 3 / 2 名 飲料

水 0 名 水

ミネラルウォーター 5 名 礦泉水

ジュース 1 名 果汁

オレンジジュース 5 名 柳橙汁

牛乳 / ミルク 0 / 1 名 牛奶

コーヒー 3 名 咖啡

お茶 0 名 茶

紅茶 0 名 紅茶

コーラ 1 名 可樂

日本酒 0 名 日本酒

ビール 1 名 啤酒

ワイン 1 名 葡萄酒

2 食材 0 名 食材

肉 2 名 肉

牛肉 / ビーフ 0 / 1 名 牛肉

豚肉 / ポーク 0 / 1 名 豬肉

鶏肉 / チキン 0 / 1 名 雞肉

ハム 1 名 火腿

魚 0 名 魚

卵 / 玉子 2 0 / 2 0 名 蛋

野菜 0 名 蔬菜

キャベツ 1 名 高麗菜

白菜 3 0 名 大白菜

大根 0 名 白蘿蔔

にんじん 0 名 紅蘿蔔

きゅうり 1 名 小黃瓜

トマト 1 名 蕃茄

ピーマン 1 名 青椒

茄子 1 名 茄子

葱 1 名 葱

果物 2 名 水果

りんご 0 名 蘋果

パイナップル 3 名 鳳梨

バナナ 1 名 香蕉

柿 0 名 柿子
（かき）

スイカ 0 名 西瓜

みかん 1 名 橘子

マンゴー 1 名 芒果

オレンジ 2 名 柳橙

パパイア 2 名 木瓜

桃 0 名 水蜜桃
（もも）

梨 0 名 梨子
（なし）

さくらんぼ 0 名 櫻桃

3 料理 1 名 菜餚
（りょう り）

寿司 21 名 壽司
（す し）

ピザ 1 名 披薩

ラーメン 1 名 拉麵

ショーロンポー 3 名 小籠包

天ぷら 0 名 天婦羅
（てん）

チャーハン 1 名 炒飯

うな丼 0 名 鰻魚丼
（どん）

パン 1 名 麵包

とんかつ 0 名 炸豬排

ご飯 1 名 白飯
（はん）

刺身 0 名 生魚片
（さし み）

ケーキ 1 名 蛋糕

サラダ 1 名 沙拉

アイスクリーム 5 名 冰淇淋

スパゲッティ 3 名 義大利麵

和菓子 2 名 和菓子（日式甜點）
（わ が し）

ハンバーガー 3 名 漢堡

4 味 あじ 0 名 味道

おいしい 0 3 イ形 好吃的

まずい 2 イ形 難吃的

まあまあ 3 1 ナ形 還好、還可以、普通

甘い あま 0 イ形 甜的

苦い にが 2 イ形 苦的

辛い から 2 イ形 辣的

しょっぱい 3 イ形 鹹的

すっぱい 3 イ形 酸的

渋い しぶ 2 イ形 澀的

薄い うす 0 2 イ形 淡的

濃い こ 1 イ形 濃的

好み この 1 名 喜好

5 食器 しょっき 0 名 餐具

皿 さら 0 名 盤子

箸 はし 1 名 筷子

鍋 なべ 1 名 鍋子

茶碗 ちゃわん 0 名 飯碗

やかん 0 名 水壺

湯飲み ゆの 3 名 茶杯

グラス 1 0 名 玻璃杯

包丁 ほうちょう 0 名 菜刀

容器 ようき 1 名 容器

ポット 1 名 熱水瓶

炊飯器 すいはんき 3 名 電鍋、電子鍋

スプーン 2 名 湯匙

ナイフ 1 名 刀子

フォーク 1 名 叉子

6 調理方法 5 名 烹飪方式

切る 1 動 切

焼く 0 動 烤、煎

炒める 3 動 炒

煮る 0 動 煮、燉、熬

蒸す 1 動 蒸

揚げる 0 動 炸

沸かす 0 動 燒開

冷ます 2 動 冷卻

冷やす 2 動 冰鎮

加熱する 0 動 加熱

強火 0 名 大火

弱火 0 名 小火

問題2「重點理解」

考試科目（時間）	題型			
		大題	內容	題數
聽解55分鐘	1	課題理解	聽取具體的資訊，選擇適當的答案，測驗是否理解接下來該做的動作	5
	2	重點理解	先提示問題，再聽取內容並選擇正確的答案，測驗是否能掌握對話的重點	6
	3	概要理解	測驗是否能從聽力題目中，理解說話者的意圖或主張	5
	4	即時應答	聽取單方提問或會話，選擇適當的回答	11
	5	統合理解	聽取較長的內容，測驗是否能比較、整合多項資訊，理解對話內容	3

問題 2 注意事項

❈「問題2」會考什麼？

先確認問題的提示，再聽取內容並選擇正確的答案。本大題主要測驗是否能掌握對話的重點。最常出現的問題是「どうして」（為什麼），要考生找出事情發生的原因或理由等等。

❈「問題2」的考試形式？

答題方式為先聽到問題，然後才看到試題本上的文字選項。所以一開始聽的時候，要先掌握被問的是地點、時間還是原因等，再用刪除法決定答案。共有七個小題。

❈「問題2」會怎麼問？ **MP3 15**

・男の人と女の人が社員旅行について話しています。社員旅行は何日に決まりましたか。

　男人和女人就員工旅遊說著話。員工旅遊決定哪一天了呢？

・オフィスで女の人と男の人が話しています。男の人はどうして部長に叱られたと言っていますか。

　辦公室裡女人和男人正在說話。男人說他為什麼被部長罵了呢？

・学校で男の子と女の子が話しています。男の子は、どうして忘れ物をしたと言っていますか。

　學校裡男孩和女孩正在說話。男孩說為什麼忘了東西呢？

問題 2 實戰練習

問題2

問題2では、まず質問を聞いてください。そのあと、問題用紙のせんたくしを読んでください。読む時間があります。それから話を聞いて、問題用紙の1から4の中から、最もよいものを一つえらんでください。

1番 MP3 16

Calendar

日	月	火	水	木	金	土
	1	2	3	4	5	6
7	8	9	❶10	11	12	13
14	❷15	16	❸17	18	19	20
21	22	23	❹24	25	26	27
28	29	30				

1. 10   2. 15   3. 17   4. 24

②番 MP3 17

1. 今日中に資料を提出しなかったから

2. 資料を飲み屋に忘れてきたから

3. 飲み屋でお酒を飲んだから

4. 資料をなくしてしまったから

③番 MP3 18

1. 頭の上にタオルを乗せること

2. 体を洗ってから入ること

3. 大声でおしゃべりすること

4. 浴そうの中で泳ぐこと

④番 MP3 19

1. メールを出す

2. ファックスを送る

3. 電話をする

4. 銀座と新宿店に行く

5番 MP3 20

1. 朝寝坊したから

2. 母親とけんかしたから

3. 将来について話し合っていたから

4. 朝ごはんを食べていたから

6番 MP3 21

1. 商品開発と設備設計

2. 営業

3. 顧客管理

4. 技術者教育

7番 MP3 22

1. 専門家が直接修理に行く

2. ソフトの担当者が電話する

3. ハードを点検する

4. ソフトを点検する

問題2 實戰練習解析

問題2

　　問題2では、まず質問を聞いてください。そのあと、問題用紙のせんたくしを読んでください。読む時間があります。それから話を聞いて、問題用紙の1から4の中から、最もよいものを一つえらんでください。

　　問題2，請先聽提問。之後，再閱讀試題紙的選項。有閱讀的時間。接下來請聽會話，從試題紙的1到4裡面，選出一個最適當的答案。

（M：男性、男孩　F：女性、女孩）

1番 MP3 16

女の人と男の人が同僚の送別会について話しています。送別会は何日に決まりましたか。

F：岡田さんの送別会をしようと思うんだけど、いつがいいかな。

M：来週の水曜日はどう？みんな水曜日ならけっこう都合がつくみたいだから。

F：来週の水曜日？10日か……。部長が出張で中国に行くって言ってなかったっけ。

M：あっ、そうだった。8日に発つ予定だったような気がする。
　　それなら、次の水曜日はどうかな。

F：部長、日本に戻って来てる？

M：上海に4泊、大連に2泊、四川に1泊って言ってたと思うけど……。

F：ってことは、15日に帰国だから問題ないね。

M：それじゃ、その日に決定だ。

F ：みんなにはあたしから声かけとく。

M：よろしく！

送別会は何日に決まりましたか。
1. 10
2. 15
3. 1 7
4. 2 4

女人和男人就同事的送別會正在説話。送別會決定哪一天呢？

F ：我想舉辦岡田先生的送別會，但是不知道什麼時候好。

M：下週三如何？因為大家好像星期三的話，時間比較方便。

F ：下週三？十日嗎……？部長不是説要到中國出差？

M：啊，對耶。我記得是預定八日出發。這樣的話，再下一個星期三如何呢？

F ：部長，能回日本了嗎？

M：我記得他好像説，上海四晚、大連二晚、四川一晚的樣子……。

F ：也就是説，因為十五日回國，所以沒問題囉。

M：那麼，就決定那一天。

F ：我來跟大家説。

M：拜託了！

送別會決定哪一天呢？
1. 10
2. 15
3. 17
4. 24

答案：3

オフィスで女の人と男の人が話しています。男の人はどうして課長に叱られたと言っていますか。

F：どうしたの？元気がないけど。

M：さっき課長に呼ばれて、たっぷり説教されちゃったんだ。

F：何かあったの？

M：先週の会議のときに整理するように言われてた資料あるだろ、すっかり忘れちゃっててさ。

F：それでお説教？

M：いや、ちがうんだ。その資料が課長の手元にあってさ。

F：どういうこと？

M：この間の飲み会で、俺、すごく酔っ払っちゃってさ、その資料を飲み屋においてきちゃったらしいんだよね。それで、飲み屋のおかみさんが会社に電話くれたらしくって。

F：それは、やばいね。大事な資料をどこかに置いてきちゃっただけでも問題なのに、その場所が飲み屋だもんね。

M：そういうこと。

F：ま、でもいつまでも落ち込んでるひまなんてないんじゃない？早く資料の整理を済ませて、完璧なのを課長に提出しなきゃ！

M：うん、そうする。

男の人はどうして課長に叱られたと言っていますか。

1 今日中に資料を提出しなかったから

2 資料を飲み屋に忘れてきたから

3 飲み屋でお酒を飲んだから

4 資料をなくしてしまったから

辦公室裡，男人和女人正在說話。男人說他為什麼被課長罵了呢？

F：怎麼了？無精打采的。

M：剛剛被課長叫去，老老實實被訓了一頓。

F：有什麼事嗎？

M：上個星期開會時，不是有份資料要我整理嗎，我忘得一乾二淨。

F：所以才說教？

M：不是，是別的。那份資料在課長手上。

F：怎麼一回事？

M：之前喝酒的聚會，我，喝得爛醉，好像把那份資料放在酒店啦。據說後來，
　　酒店的老闆娘好像打電話到公司。

F：那可慘啦。光是把重要的資料放到哪裡，就已經是問題了，地點居然還是酒
　　店哪。

M：正是如此。

F：唉，不過哪有閒工夫一直情緒低落呢？不早日整理完資料、將完美的東西提
　　交給課長可不行！

M：嗯，就這麼辦。

男人說他為什麼被課長罵了呢？

1 因為今天之內沒有提出資料

2 因為把資料忘在酒店裡了

3 因為在酒店裡喝了酒

4 因為資料不見了

答案：2

日本語学校の先生が、留学生たちに旅館の風呂場の使い方について話しています。先生は、してはいけないことは何だと言っていますか。

F：こんにちは。みなさんは日本語もずいぶん上手になりましたから、安心してすべて日本語で話しますね。でも、分からないところがあったら、遠慮しないで、すぐに手をあげて聞いてください。じゃ、進めます。これから入浴するわけですが、まずはきちんと体を洗ってから、浴そうに入ってください。それからタオルは浴そうの中に入れないこと。そうそう、頭の上にタオルを乗せている日本人がいるかもしれません。真似してみるのも、おもしろいですよ。それから1番大事なことですが、大声でおしゃべりしないようにしてください。周りの人の迷惑になりますから、なるべく小さな声で話しましょう。

先生は、してはいけないことは何だと言っていますか。
1 頭の上にタオルを乗せること
2 体を洗ってから入ること
3 大声でおしゃべりすること
4 浴そうの中で泳ぐこと

日本語學校的老師，正對留學生們説明有關旅館浴池的使用方法。老師説，不可以做的事情是什麼呢？

F：午安。由於各位的日文已經相當好了，所以我就放心地全部都用日文説囉。不過，如果有不懂的地方，請不用客氣，立刻舉手發問。那麼，我往下説。接下來，因為要入浴，首先請確實清洗身體，然後再進浴池。還有就是毛巾不可以放到浴池裡。對了、對了，有些日本人可能會把毛巾放在頭上。模仿看看，也很有趣喔！還有最重要的事情，是請不要大聲説話。因為會給身邊的人添麻煩，所以盡可能小聲説話吧。

老師説，不可以做的事情是什麼呢？
1 把毛巾放在頭上
2 洗完身體後進去
3 大聲説話
4 在浴池中游泳

答案：3

4番 MP3 **19**

女の人と男の人が、取引先の入金状況について話しています。女の人は、このあと何をしますか。

M：まいったよ。

F：どうしたんですか？

M：井崎商事からの入金なんだけど、いまだに入ってなくてさ。

F：えー、まだなんですか？

M：うん、先週からメールでお願いしてただろ。しょうがないから、昨日はファックスまで送ってさ。困っちゃうよ、部長からは毎日聞かれるし。

F：今週の月曜日には入ってるって返事でしたよね。

M：うん。こうなったら直接電話するしかないか。あっ、でも、俺、これから銀座と新宿店行かなきゃならないんだった。

F：私、代わりにやっておきましょうか？

M：お願いできるかな。

F：もちろん。あそこの担当者とは何度か話したことあるから、まかせといて！

M：助かるよ。

女の人は、このあと何をしますか。

1 メールを出す

2 ファックスを送る

3 電話をする

4 銀座と新宿店に行く

女人和男人，就往來廠商的進帳情況正在說話。女人之後，要做什麼呢？

M：傷腦筋耶。

F：怎麼了嗎？

M：井崎商事的款子，還沒有進來啊。

F：咦〜，還沒嗎？

M：嗯，從上個星期開始，就用電子郵件拜託了不是嗎？因為沒辦法，昨天甚至還傳了真。很困擾耶！而且每天都被部長問。

F：有回覆說，這個星期一會進來不是嗎？

M：嗯。事到如今，只能直接打電話了吧？啊，可是，我，等一下不去銀座和新宿的店不行。

F：我，來代替你處理吧？

M：可以拜託妳嗎？

F：當然。我和那裡的承辦人說過好幾次話，所以交給我！

M：得救了。

女人之後，要做什麼呢？

1 發郵件

2 送傳真

3 打電話

4 去銀座和新宿的店

答案：3

学校で女の人と男の人が話しています。男の人は、どうして忘れ物をしたと言っていますか。

F：また寝坊？

M：どうしよう。英語の辞書、忘れてきちゃった。

F：それって、この間先生に借りたやつ？

M：うん。今日ぜったいに返すように言われてたんだけど、今朝、母親とけんかしちゃってさ。

F：どうして？

M：大学に行けってうるさくてさ。俺は、アメリカに行って音楽を勉強したいんだって言ったら、泣き出すし……。ほんと、困っちゃうよな。

F：そっか。でも親には理解しがたいかもね。

M：それは俺だって分かってるつもりだけどさ、ああいう言い方されると、ついね。それで朝ごはんも食べずに、家を出たら、辞書のことなんてすっかり忘れちゃってさ。

F：しょうがないよ。先生にきちんと謝って、明日持ってくればいいじゃない。

M：そうだね。

おとこ　ひと　　　　　　　　　　わす　もの　　　　　い
男の人は、どうして忘れ物をしたと言っていますか。

　あさ ね ぼう
1 朝寝坊したから

　はは おや
2 母親とけんかしたから

　しょうらい　　　　　　　はな　あ
3 将来について話し合っていたから

　あさ　　　　　　　　た
4 朝ごはんを食べていたから

學校裡女人和男人正在説話。男人説為什麼忘了東西呢？

F ：又睡過頭了？

M ：怎麼辦？我忘了英文字典。

F ：那個，就是之前跟老師借的東西？

M ：嗯。有説今天一定要還，可是今天早上和我媽媽吵架了。

F ：為什麼？

M ：就是一直嘮叨要我上大學。我一開口説，要去美國學音樂，她就開始
　　哭……。真的，很傷腦筋耶。

F ：這樣啊。不過，對父母親來説，可能很難理解呢。

M ：那件事，我也想體諒啊，可是被用那種説話方式，忍不住就～。
　　所以，連早餐也沒吃，就出了家門，字典的事情，也忘得一乾二淨了。

F ：那就沒辦法了。好好地跟老師道歉，明天再帶來不就好了。

M ：也是啊。

男人説為什麼忘了東西呢？
1 因為睡過頭
2 因為和母親吵架
3 因為談論到將來
4 因為吃了早餐

答案：2

男の人が、新人の入社パーティーで話しています。男の人が、これから
ここでする仕事はどんなことだと言っていますか。

M：今年7月にこちらに配属されました田村です。新人とはいっても、
他の若い人たちから比べたら、もうおじいさんみたいなもので、こ
こにいるのがちょっと恥ずかしい気分です。私は、今年でちょうど
50になります。今まではわが社のタイやシンガポール、香港工場
を転々とし、今年、こちらに戻ってきました。タイやシンガポール
では商品開発や設備設計を担当し、香港では顧客管理を主にやって
いました。営業も経験しましたから、いわゆる「何でも屋」みたい
なものです。こちらでは技術者の教育をまかされることになりまし
たが、ほとんど新人みたいなものですので、いろいろ教えていただ
ければと思っています。どうぞよろしくお願いします。

男の人が、これからここでする仕事はどんなことだと言っていますか。
1 商品開発と設備設計
2 営業
3 顧客管理
4 技術者教育

男人在新人的入社宴會裡說著話。男人正在說，之後在這裡的工作是什麼樣的工作呢？

M：我是今年七月被分發到這裡的田村。雖說是新人，和其他年輕人們比較起來，我好像是爺爺級的人，所以在這裡，覺得有點不好意思。我，今年剛好五十了。在這之前，輾轉在我們公司的泰國、或是新加坡、香港工廠，今年，回到了這裡。在泰國和新加坡時，我擔任商品開發或是設備設計，在香港，則是從事以顧客管理為主的工作。因為也做過營業，所以像是個所謂「什麼都可以做」的人。在這裡，我被交辦技術人員的教育工作，由於完全像是個新人，所以請各位多加指導。麻煩大家了。

男人正在說，之後在這裡的工作是什麼樣的工作呢？
1 商品開發和設備設計
2 營業
3 顧客管理
4 技術人員教育
答案：4

男の人が、パソコンのサービスセンターに電話をしています。サービスセンターでは、このあとどうすると言っていますか。

M：すみません、パソコンの調子が悪いんですが。

F：かしこまりました。どのような状態かご説明いただけますか。

M：音楽とかの音がまったく聴こえないんです。

F：そうですか。そうしますと、ソフトに問題があると考えられますので、ソフトの担当者におつなぎします。少々お待ちください。

　（……）

申しわけございません。只今、ふさがっているようですので、折り返しご連絡させるようにいたしますが……。

M：いつ頃になりますか。

F：このあとすぐに、お電話差し上げられると思います。

M：そうですか。じゃ、お願いします。

F：かしこまりました。

サービスセンターでは、このあとどうすると言っていますか。
1 専門家が直接修理に行く
2 ソフトの担当者が電話する
3 ハードを点検する
4 ソフトを点検する

男人正打電話給電腦服務中心。服務中心說，之後要如何呢？

M：對不起，我電腦有問題。

F：知道了。能說明是怎樣的狀態嗎？

M：完全聽不到音樂等的聲音。

F：這樣啊。如果是這樣，可能是軟體有問題，所以我轉接給軟體的承辦人。請
　　稍等。

　　（……）

　　對不起。現在好像忙線中，所以我會請他立刻回電……。

M：大約什麼時候呢？

F：我想之後馬上可以回電。

M：這樣啊。那麼，就麻煩了。

F：知道了。

服務中心說，之後要如何呢？

1 專家會直接去修理

2 軟體承辦人會打電話

3 檢查硬體

4 檢查軟體

答案：2

❶ んだって　聽說……

表示從別人那裡聽到某種訊息。不分男女，皆可用於日常生活的輕鬆會話裡。「んですって」的形式主要見於女性。

・山田先生、明日から入院するんだって。

聽說山田老師從明天起住院。

・陳さん、納豆が好きなんだって。

聽說陳先生喜歡納豆。

❷ っぽい　像……

接在名詞或動詞之後，表示有這種傾向或感覺的意思，形成一個新的形容詞。

・彼女は黒っぽいワンピースを着ていた。

她穿了一件感覺黑黑的連身裙。

・最近、忘れっぽくて困る。

最近有健忘的傾向，真傷腦筋。

3 だったら 那、那樣的話

　　用於説話者在聽到對方説的話或得到某種新訊息後，表示自己的態度或做出某種推測時。用法類似於「それなら」、「それでは」，是非常口語的説法。

・A：彼女にはやっぱり言えないよ。

　B：だったら私が言ってあげるわ。

　A：我果然還是無法和她説耶。

　B：那，我幫你説吧！

・A：その仕事、私一人じゃ、ぜったい無理です。

　B：だったら私が手伝いますよ。

　A：那件工作，我一個人絕對完成不了。

　B：那樣的話，我來幫你忙吧。

4 それにしても　可是……、可那也……

　　表示「即使考慮到這一因素，也……」的意思。用於姑且承認前述情況，但繼續說出與其相反事態的場合。

・A：鈴木さんちの息子さん、東京大学に受かったんですって。
　　　昔はぜんぜん勉強できなかったのにね。

　B：それにしてもすごいね。

　A：聽說鈴木先生家的兒子考上東京大學。明明以前完全不會唸書的耶。
　B：那也真是夠厲害啊。

・A：また小麦粉の値段が上がったわ。

　B：それにしても政治家は何してるんでしょう。私たちの生活はこんなに苦しいのに……。

　A：麵粉的價錢又漲了。
　B：真不知道政治人物都在做什麼啊。明明我們的生活這麼苦……。

5 ほうがいい　還是……較好、最好是……

　　接續在動詞的辭書形、夕形或否定形後面。無論接續哪個詞性意思都沒有太大的差別，但是對聽話者進行較為強烈的勸說時多用夕形。

・彼女に会って直接話したほうがいいよ。

還是和她見面直接説比較好吧。

・杉田くんはおしゃべりだから、話さないほうがいいんじゃない。

因為杉田同學多嘴，所以還是不要跟他説比較好吧。

6 あんまりだ　太過分、太過火

　　接續前面的話題，表示「這樣太過分」的意思。主要用於口語，強調説法為「あんまりと言えばあんまりだ」（説過分也是夠過分啊）。

・Ａ：あの人、何をやらせてもミスばっかりで、ほんと困っちゃう。
　　　辞めてくれればいいのに。
　　Ｂ：そういう言い方ってあんまりだよ。まだ新入社員なんだから。

　　Ａ：那個人，不管讓他做什麼都會出錯，真傷腦筋。如果他能辭職就好了。
　　Ｂ：那樣説太過分了吧。他還是新進來的員工耶。

・Ａ：お前はもう俺たちの仲間なんかじゃない。
　　Ｂ：それはあんまりだよ。もう一度、チャンスをくれないか。

　　Ａ：你已經不是我們的朋友了。
　　Ｂ：那也太過分了吧。不能再給我一次機會嗎？

穿著篇

1 服 0 名 衣服

上着（うわぎ） 0 名 上衣、外衣

セーター 1 名 毛衣

シャツ 1 名 襯衫

ブラウス 2 名 女性襯衫

Tシャツ（ティー） 0 名 T恤

スーツ 1 名 套裝

ワンピース 3 名 連身裙、洋裝

コート 1 名 外套

ジャケット 1 2 名 夾克

背広（せびろ） 0 名 西裝

ズボン 2 名 褲子

スカート 2 名 裙子

ジーンズ 1 名 牛仔褲

和服（わふく） 0 名 和服

浴衣（ゆかた） 0 名 浴衣

パジャマ 1 名 睡衣

下着（したぎ） 0 名 內衣、內褲

パンツ 1 名 內褲

ブラジャー 2 名 內衣、胸罩

制服（せいふく） 0 名 制服

水着（みずぎ） 0 名 泳衣

2 アクセサリー 1 名 配件、飾品

ネクタイ 1 名 領帶

ネックレス 1 名 項鍊

イアリング 1 名 耳環

ピアス 1 名 穿針式耳環

指輪 0 名 戒指

腕時計 3 名 手錶

ブレスレット 2 名 手鍊

アンクレット 1 名 腳鍊

靴下 2 名 襪子

靴 2 名 鞋子

ハイヒール 3 名 高跟鞋

ブーツ 1 名 靴子

眼鏡 1 名 眼鏡

ベルト 0 名 腰帶、皮帶

スカーフ 2 名 絲巾

マフラー 1 名 圍巾

手袋 2 名 手套

帽子 0 名 帽子

傘 1 名 雨傘

バッグ 1 名 包包

3 布 0 名 布

綿 1 名 棉

羊毛 / ウール 0 / 1 名 羊毛

絹 / シルク 1 / 1 名 絲綢

麻 0 名 麻

ポリエステル 3 名 聚酯纖維

皮 / 革 / レザー 2 / 2 / 1 名 皮革

毛皮 0 名 毛皮

糸 1 名 絲線

毛糸 0 名 毛線

無地 1 名 素色、沒有花紋

派手 2 ナ形 華麗、鮮豔

地味 2 ナ形 樸素

目立つ 2 動 引人注目、顯眼

柔らかい 4 イ形 柔軟的

硬い 0 イ形 硬的

薄い 0 イ形 薄的

厚い 0 イ形 厚的

4 色 2 名 顔色

赤 1 名 紅色

青 1 名 藍色

黄色 0 名 黃色

緑 1 名 綠色

白 1 名 白色

黒 1 名 黑色

紫 2 名 紫色

ピンク 1 名 粉紅色

オレンジ 2 名 橘色

灰色 / グレー 0 / 2 名 灰色

金色 / ゴールド 0 / 1 名 金色

銀色 / シルバー 0 / 1 名 銀色

水色 0 名 水藍色

紺色 0 名 藏青色、深藍色

透明 0 名 透明

濃い 1 イ形 濃的

淡い 2 イ形 淺的、淡的

5 ファッション 1 名 時尚、流行

ブランド 0 名 名牌

モデル 0 名 模特兒

スーパーモデル 5 名 超級模特兒

おしゃれ 2 名 時尚、會打扮的（人）

オーダーメイド 5 名 訂做

メイク 1 名 化妝

ノーメイク 3 名 素顏、沒有化妝

ネイルアート 4 名 指甲彩繪

ヘアスタイル 4 名 髮型

フレグランス / 香水 2 / 0 名 香水

6 動作 1 名 動作

服を着る 穿衣服

スカートを脱ぐ 脱裙子

帽子をかぶる 戴帽子

ネクタイをする 打領帶

眼鏡をかける 戴眼鏡

眼鏡をはずす 摘下眼鏡

眼鏡をとる 拔掉眼鏡

指輪をはめる 戴戒指

マフラーを巻く 圍圍巾

傘を差す 撑傘

新しい服に着替える 換新衣服

衣替えをする 換裝（特別指換季時）

靴下を履く 穿襪子

靴を履き替える 換鞋子

体型が変わる 體型改變

セーターを縫う 織毛衣

手袋をはめる 戴手套

第 16〜20 天

問題3「概要理解」

考試科目 （時間）	題型			
	大題		內容	題數
聽解55分鐘	1	課題理解	聽取具體的資訊，選擇適當的答案，測驗是否理解接下來該做的動作	5
	2	重點理解	先提示問題，再聽取內容並選擇正確的答案，測驗是否能掌握對話的重點	6
	3	概要理解	測驗是否能從聽力題目中，理解說話者的意圖或主張	5
	4	即時應答	聽取單方提問或會話，選擇適當的回答	11
	5	統合理解	聽取較長的內容，測驗是否能比較、整合多項資訊，理解對話內容	3

▶▶▶ 問題 3 注意事項

✽「問題3」會考什麼？

「問題3」測驗考生是否能從聽力題目中，理解說話者的意圖或主張。在試題本上，「問題1」和「問題2」有文字選項可以閱讀，但「問題3」沒有，所以聆聽四個選項後，就必須從中找出正確答案。

✽「問題3」的考試形式？

由於問題只唸一次，而且選項中也沒有文字，所以只能用聆聽的方式選出答案。共有六個小題。答題方式為先聽說話者的想法或主張，再從四個選項中找出答案。

✽「問題3」會怎麼問？ MP3 25

・この授業で生徒たちが知ったことは何ですか。

　這堂課中，學生們知道的事情是什麼呢？

・この経営者は、大切なのはどうすることだと言っていますか。

　這位經營者正在說，重要的是做什麼事情呢？

・彼女はどんな話し方がいいと言っていますか。

　她正在說怎麼樣的說法比較好呢？

問題 3 實戰練習

問題3

問題3では、問題用紙に何も印刷されていません。この問題は、全体としてどんな内容かを聞く問題です。話の前に質問はありません。まず話を聞いてください。それから、質問とせんたくしを聞いて、1から4の中から、最もよいものを一つ選んでください。

― メモ ―

①番 MP3 26

②番 MP3 27

③番 MP3 28

④番 MP3 29

⑤番 MP3 30

⑥番 MP3 31

問題3 實戰練習解析

問題3

> 問題3では、問題用紙に何も印刷されていません。この問題は、全体としてどんな内容かを聞く問題です。話の前に質問はありません。まず話を聞いてください。それから、質問とせんたくしを聞いて、1から4の中から、最もよいものを一つ選んでください。
>
> 問題3，試題紙上沒有印任何的字。這個問題，是聽出整體是怎樣內容的問題。會話之前沒有任何提問。請先聽會話。接著，請聽提問和選項，然後從1到4裡面，選出一個最適當的答案。

（M：男性、男孩　F：女性、女孩）

1番 MP3 26

会社の研修事業部の担当者が話しています。

F：新入社員のみなさん、入社おめでとうございます。さて、このたび入社に先立ち、新入社員研修会を行います。日にちは4月16日と17日の2日間で、午前10時に現地集合となっています。宿泊先ですが、箱根の藤ホテルをとってあります。宿泊費は会社のほうで負担します。また、自宅から現地までの往復交通費ですが、後日精算となりますので、とりあえず各自で払っておいてください。ちなみに、ホテルの部屋に設置してある電話の料金や冷蔵庫内の飲み物代は、各自負担となります。

この研修で、自己負担しなければならないのはどれですか。
1. ホテルの宿泊費
2. 往復の交通費
3. 部屋の電話料金
4. 専門家の研修費

公司研修事業部的承辦人正説著話。

F：各位新進同仁，歡迎各位進入公司。在進入公司之前，會舉辦新進員工研修會。日期是四月十六日和十七日這二天。早上十點在現地集合。住宿的地點，已經訂好箱根的藤飯店。住宿費用由公司負擔。另外，從自己家裡到現場的往返交通費，由於日後會結算，所以請各位先支付。附帶説明，飯店房間裡的電話費，或者是冰箱裡的飲料費，是各自負擔。

這個研修，自己一定要負擔的是哪一項呢？
1. 飯店的住宿費
2. 來回的交通費
3. 房間的電話費
4. 專家的研修費

答案：3

②番 MP3 27

ある大学の教授が話しています。

M：最近気になっている日本語についてお話します。おととい、ある有名な新聞で目にした言葉なんですが「子供にお金をあげました」とあります。みなさん、分かりますか、どこが問題か。ほかにも「猫にえさをあげる」「花に水をあげる」のような言葉もよく目にします。私たちは学校で、目下や生物に対しては「あげる」ではなく、「やる」を使うと教わりました。それに桃太郎の歌でも「やりましょう、やりましょう、ついて行くならやりましょう」ではありませんか。小学生のときこれが正しい日本語だとして習って、もう６０年です。東京では大多数が「あげる」支持だということを知っていても、こういう言葉は認めたくないという気持ちがやはり強いですね。

(樺島忠夫『日本語はどう変わるか』を参照にして)

この教授が認めたくない日本語はどんなものですか。
1. 目下や生物に「あげる」を使うこと
2. 目下や生物に「やる」を使うこと
3. 桃太郎の歌にある「あげる」の使い方
4. 桃太郎の歌にある「やる」の使い方

某大學的教授正在説話。

M：談談最近在意的日文的事情吧！前天，在某個知名的新聞裡看到的語彙，就是「子供にお金をあげました（獻給小孩錢了）」。各位，知道嗎？哪裡有問題呢？其他，還有「猫にえさをあげる（獻給貓飼料）」、「花に水をあげる（幫花獻上水）」這樣的語彙也常看到。我們在學校有學過，對晚輩或者是生物，使用的不是「あげる（獻給）」，而是「やる（給）」。而且桃太郎的歌曲裡面，不是也有「やりましょう、やりましょう、ついて行くならやりましょう（給你吧！給你吧！跟著去的話，就給你吧）」嗎？從小學時就把這個當成正確的日文學習，已經六十年了。就算知道東京大多數人都支持用「あげる（獻給）」，但是這樣的語彙，不想認同的心情還是很強烈呢。

（參考樺島忠夫之《日文會變成如何呢》）

這位教授不想認同的日文是哪一個呢？
1 對晚輩或生物，使用「あげる（獻給）」
2 對晚輩或生物，使用「やる（給）」
3 桃太郎歌曲裡「あげる（獻給）」的使用方法
4 桃太郎歌曲裡「やる（給）」的使用方法

答案：1

女の人が会議でパソコンの増産体制について報告しています。

F：ノートパソコンを増産するにあたりまして、部品の供給と労働者の確保が問題となっていましたが、本日は、その調査結果をご報告いたします。えー、まず、部品の製造業者ですが、今回、評判のいい3社と契約を結ぶことができました。ですので、供給能力に問題はないと思われます。次に労働者の手配についてですが、派遣社員を含め、200人ほど確保しました。ですので、半年は問題がないはずです。ただ、半年後に、他社の新工場が稼動するそうで、そうなると労働者がかなり移る可能性が心配されます。いかにして労働者を確保していくかが、今後の課題だと思います。

まだ解決していない問題は何ですか。

1 部品の生産能力
2 部品の供給元の確保
3 新工場の建設問題
4 今後の労働力の確保

女人在會議中，就電腦增產體制，正報告中。

F：正值筆記型電腦增產之際，零件的供給以及工人的確保已成為問題，所以今
　　天，報告其調查結果。嗯～，首先，有關零件的製造業者，這次，和三家評
　　價高的公司簽了約。所以，認定供給能力是沒有問題的。接著是有關工人的
　　安排，包含派遣員工，可確保二百人左右。所以，半年應該沒有問題。只
　　是，由於半年後，聽說別家公司的新工廠將開始啟動，如此一來，便要擔心
　　工人可能跳槽。我想如何確保工人，是今後的課題。

還沒有解決的問題是什麼呢？
1 零件的生產能力
2 零件供應來源的確保
3 新工廠的建設問題
4 今後勞動力的確保

答案：4

④番 MP3 **29**

料理の先生が話しています。

F：今日はカレーライスを作るわけですが、その前にちょっとしたお話です。私の母は料理がとても上手なんですが、中でもカレーは絶品で、母がカレーを作り始めると、みんなが自然に集まってきてなんだかそわそわしてしまうんですね。近所の人もよく食べに来ました。今日はそんな母の作る懐かしいカレーを作りたいと思います。まずは、肉を軽く炒めてフライパンから出したら、玉ねぎとにんじんを炒めます。そして水を入れた鍋に入れて、10分くらい煮てください。それからじゃがいもを入れてくださいね、じゃがいもって、すごく溶けやすいですから。カレーのルーを入れるときは、火を止めてからにしてくださいね。最後に醤油をちょっと入れたらできあがりです。簡単でしょう。

じゃがいもはいつ入れますか。
1 肉といっしょに
2 肉のあと他の野菜といっしょに
3 肉や他の野菜をしばらく煮てから
4 火を止める直前に

料理的老師正在説話。

F：今天要做咖哩飯，在那之前稍微聊一下。我母親的料理非常厲害，其中又以
　　咖哩為絕品，所以只要我母親開始做咖哩，大家便自然而然靠過來，不知為
　　什麼就是靜不下來。附近的人也常常過來吃。今天我想做出那樣的母親做
　　的、教人懷念的咖哩。首先，把肉輕輕炒過之後，從平底鍋中取出，接著炒
　　洋蔥和紅蘿蔔。然後請放到裝了水的鍋子裡，約煮十分鐘。接下來，也把馬
　　鈴薯放進去喔，因為馬鈴薯非常容易溶掉。放咖哩湯塊時，請熄火再放喔。
　　最後再加一點醬油便大功告成。很簡單吧！

什麼時候放馬鈴薯呢？
1 和肉一起
2 肉之後，和其他蔬菜一起
3 肉和其他蔬菜煮了一會兒以後
4 熄火之前
答案：3

高校の先生が話しています。

F：今日はまず電気の話をしましょう。みんなは電気はどうやって作る
　　か知ってますか。そうですね、今、杉田くんが言った火力発電があ
　　りますね。つまり石油を燃やして発電する方法ですね。他には？そ
　　うです。川をせき止めてダムを作って発電する水力発電ですね。そ
　　して最後に、原子の力を使って発電する原子力発電です。この3つ
　　です。日本は山国で雨が多いですから、昔は水力発電が盛んでした
　　が、徐々に火力、原子力発電が中心になってきました。現在では約5
　　割を石油に頼る方法を使っていますが、世界の資源は限られていま
　　すから、ますます原子力発電に頼ることになりそうですね。ただ、
　　原子力発電には放射能などの問題などがあって、安全面ではまだ討
　　論されているんです。

安全面に問題があるのはどれですか。
1 水力発電
2 火力発電
3 原子力発電
4 石油発電

高中的老師正在説話。

F：今天先談談電的事情吧！各位知道電是如何製造的嗎？沒錯，有現在杉田同學説的火力發電。也就是燃燒石油來發電的方法囉。其他呢？沒錯。把河川堵住蓋水壩來發電的水力發電。還有最後，是使用原子能來發電的核能發電。就是這三種。日本由於是多山的國家，雨量充沛，所以過往盛行水力發電，但是漸漸地以火力、核能發電為中心。現在雖然約有五成是採取仰賴石油的方法，但是世界的資源有限，所以似乎越來越依賴核能發電了。只是，核能發電有放射能等問題，所以在安全方面還有待討論。

在安全方面有問題的是哪一個呢？
1 水力發電
2 火力發電
3 核能發電
4 石油發電
答案：3

6番 MP3 31

<ruby>南米<rt>なんべい</rt></ruby>にいる<ruby>記者<rt>きしゃ</rt></ruby>が<ruby>報道<rt>ほうどう</rt></ruby>しています。

M：<ruby>日本<rt>にほん</rt></ruby>ではほとんど<ruby>報道<rt>ほうどう</rt></ruby>されていないようですが、こちら<ruby>南米<rt>なんべい</rt></ruby>では、<ruby>安<rt>やす</rt></ruby>い<ruby>牛肉<rt>ぎゅうにく</rt></ruby>を<ruby>生産<rt>せいさん</rt></ruby>するために、<ruby>森林<rt>しんりん</rt></ruby>がどんどん<ruby>破壊<rt>はかい</rt></ruby>されていると<ruby>言<rt>い</rt></ruby>われています。どういうことなのかといいますと、<ruby>１９６０年<rt>せんきゅうひゃくろくじゅうねん</rt></ruby><ruby>前後<rt>ぜんご</rt></ruby>から、<ruby>森林<rt>しんりん</rt></ruby>は<ruby>半分<rt>はんぶん</rt></ruby><ruby>以上<rt>いじょう</rt></ruby><ruby>減少<rt>げんしょう</rt></ruby>し、その<ruby>反面<rt>はんめん</rt></ruby>、<ruby>牧場<rt>ぼくじょう</rt></ruby>が<ruby>倍<rt>ばい</rt></ruby>に<ruby>増<rt>ふ</rt></ruby>えました。そして、それらの<ruby>牧場<rt>ぼくじょう</rt></ruby>で<ruby>生産<rt>せいさん</rt></ruby>された<ruby>牛肉<rt>ぎゅうにく</rt></ruby>はアメリカに<ruby>輸出<rt>ゆしゅつ</rt></ruby>され、ここ<ruby>３０年<rt>さんじゅうねん</rt></ruby>で<ruby>４倍<rt>よんばい</rt></ruby>も<ruby>増<rt>ふ</rt></ruby>えたそうです。<ruby>理由<rt>りゆう</rt></ruby>は、<ruby>価格<rt>かかく</rt></ruby>が<ruby>国内産<rt>こくないさん</rt></ruby>の<ruby>半分<rt>はんぶん</rt></ruby>と<ruby>安<rt>やす</rt></ruby>いためなんですが、このように<ruby>森林<rt>しんりん</rt></ruby>の<ruby>面積<rt>めんせき</rt></ruby>が<ruby>激減<rt>げきげん</rt></ruby>している<ruby>一方<rt>いっぽう</rt></ruby>で、<ruby>植林<rt>しょくりん</rt></ruby>はまったく<ruby>進<rt>すす</rt></ruby>んでいません。これらの<ruby>環境破壊<rt>かんきょうはかい</rt></ruby>によって、あと<ruby>10年<rt>じゅうねん</rt></ruby>もしないうちに<ruby>森林<rt>しんりん</rt></ruby>は<ruby>姿<rt>すがた</rt></ruby>を<ruby>消<rt>け</rt></ruby>してしまうといっても<ruby>過言<rt>かごん</rt></ruby>ではないのです。

<ruby>記者<rt>きしゃ</rt></ruby>は、<ruby>何<rt>なん</rt></ruby>について<ruby>報道<rt>ほうどう</rt></ruby>していますか。
1 <ruby>牛肉<rt>ぎゅうにく</rt></ruby>の<ruby>価格設定<rt>かかくせってい</rt></ruby>について
2 <ruby>牛肉<rt>ぎゅうにく</rt></ruby>の<ruby>問題性<rt>もんだいせい</rt></ruby>について
3 <ruby>環境破壊<rt>かんきょうはかい</rt></ruby>について
4 <ruby>牧場倍増計画<rt>ぼくじょうばいぞうけいかく</rt></ruby>について

在南美的記者正在報導。

M：日本好像幾乎沒有報導的樣子，但這裡的南美，據說為了生產便宜的牛肉，森林漸漸遭到破壞。這是怎麼一回事呢？從一九六〇年前後，森林減少了一半以上，相反的，牧場卻倍增了。而且，據說在這裡牧場生產的牛肉，被輸出到美國，在這三十年之內，增加了四倍之多。雖然理由，是價格只有國內產的半價這種比較便宜的原因，但是像這樣森林面積銳減的另一面，造林計畫卻完全沒有進展。由於這些環境破壞，不出十年森林便會消失，也不會言過其實。

記者，是就何事正在報導呢？
1 就牛肉的價格設定
2 就牛肉的問題性
3 就環境破壞
4 就牧場倍增計畫

答案：3

1 こそ　正是……、才是……

　　強調某個事物，表示「不是別的，……才是」的意思。

・A：どうぞよろしく。

　B：こちらこそ、よろしく。

　A：請多多關照。

　B：哪裡哪裡（＝我這邊才要請多多關照）。

・そう、この仕事、引き受けてくれる。それでこそ、私たちが見込んだ人物ね。

　是喔，你可以接受這項工作？這才像我們物色好的人物嘛。

2 さしつかえない　無妨、可以、沒關係

　　表示「沒有妨礙」、「沒有關係」的意思。有時候也會以「てもさしつかえない」的形式出現。

・さしつかえなければ、電話番号を教えていただけませんでしょうか。

　如果可以的話，能不能告訴我電話號碼呢？

・あさってまでお借りしてもさしつかえありませんか。

　後天再還給您也可以嗎？

3 だなんて 說什麼……

　　用於重複對方説的話，並表示責怪、責難或批評，也可用於針對非自己責任的事情，表達悲傷的心情等等。偶爾會出現單獨使用「なんて」的用法。

・今頃になってやっぱりできないだなんて、よく言えますね。

到這個時候了才説什麼還是不能做，虧你説得出口啊。

・突然事故で死んでしまうだなんて、あんまりだ。

説什麼突然遇到車禍死了，也太過分了吧。

4 がてら 順便……、在……同時、藉……之便

　　接在表示動作的名詞或動詞之後，以「AがてらB」的形式表示「在做A的同時，順便也做了B」的意思。一般多用於做了B之後的結果也可以完成A的場合。也可以説「……をかねて」、「……かたがた」等等。

・父は買い物に行きがてら、タバコを買ってきた。

父親去買東西，順便買了包菸回來。

・週末はドライブがてら、新しいデパートに行ってみようと思っている。

我想在週末開車兜風的時候，順便到新的百貨公司去看看。

5 だらけ 滿是……、全是……

表示數量過多或附著的東西過多，用於表達不希望出現的、不好的傾向，所以意思與正面意義的「……でいっぱい」（充滿地）不太一樣。

・失業^{しつぎょう}したので、借金^{しゃっきん}だらけの生活^{せいかつ}を送^{おく}っている。

因為失業了，所以過著滿是債務的生活。

・間違^{まちが}いだらけの答案^{とうあん}を息子^{むすこ}が持^もって帰^{かえ}ってきた。

兒子拿回來一份錯誤百出的考卷。

6 とたん（に） 一……就……、正當……的時候

接在動詞過去式之後，表示前項動作完成的一瞬間就發生了後項動作或事態。前後項之間沒有因果關係，單純表示時間的先後，且不要求前後文行為主體一致。

・暑^{あつ}くなったとたん（に）、ビールの売^うれ行^ゆきがよくなった。

天氣一變熱，啤酒的銷售就變好了。

・バスを降^おりたとたん、傘^{かさ}を置^おき忘^{わす}れたのに気^きづいた。

剛下車，就發現把雨傘忘在公車上了。

生活篇

1 自宅 じたく 0 名 自己家

目覚まし時計 めざましどけい 5 名 鬧鐘

傘 かさ 1 名 傘

化粧 けしょう 2 名 化妝

忘れ物 わすもの 0 名 遺忘的東西

朝ご飯 あさはん 3 名 早餐

ニュース 1 名 新聞

昼ご飯 ひるはん 3 名 午餐

インターネット 5 名 網際網路

夕ご飯 ゆうはん 3 名 晚餐

メール 0 1 名 電子郵件

支度 したく 0 名 準備

夢 ゆめ 2 名 夢

電気 でんき 1 名 電氣、電力

歯磨き はみが 2 名 刷牙

スイッチ 2 名 開關

車 くるま 0 名 車

新聞 しんぶん 0 名 報紙

トイレ 1 名 廁所

2 家事 かじ 1 名 家務

洗濯 せんたく 0 名 洗衣服

ごみ袋 ぶくろ 3 名 垃圾袋

脱水 だっすい 0 名 脱水

ほこり 0 名 灰塵

干す ほ 1 動 曬

捨てる す 0 動 扔、丟

乾燥 かんそう 0 名 乾燥

赤ちゃん あか 1 名 嬰兒

掃除 そうじ 0 名 掃除、打掃

世話 せわ 0 名 照顧

ごみ 2 名 垃圾

育てる そだ 3 動 養育

ミルク 1 名 牛奶

ペット 1 名 寵物

猫 1 名 貓

犬 2 名 狗

飼う 1 動 飼養

植物 2 名 植物

植える 0 動 種植

3 電気製品 4 名 電器用品

電話 0 名 電話

携帯電話 5 名 手機

ファックス 1 名 傳真機

テレビ 1 名 電視

ゲーム 1 名 遊戲機

パソコン 0 名 個人電腦

ノートブック 4 名 筆記型電腦

掃除機 3 名 吸塵器

ドライヤー 0 名 吹風機

洗濯機 3 名 洗衣機

電子レンジ 4 名 微波爐

オーブン 1 名 烤箱

トースター 1 0 名 烤麵包機

冷蔵庫 3 名 冰箱

マッサージチェア 6 名 按摩椅

4 学校 0 名 學校

通学 0 名 上下學

通う 0 動 往來

幼稚園 3 名 幼稚園

小学校 3 名 小學

中学校 3 名 中學、國中

高校 0 名 高中

大学 0 名 大學

専門学校 5 名 專門學校

予備校 0 名 （應考）補習班

塾 1 名 補習班

大学院 3 名 研究所

遅刻 0 名 遅到

出席 0 名 出席

欠席 0 名 缺席

早退 0 名 早退

勉強 0 名 學習

学習 0 名 學習

昼休み 3 名 午休

テスト 1 名 考試

授業 1 名 授課、課程

5 会社 0 名 公司

通勤 0 名 上下班、通勤

職場 0 名 工作單位、工作場所

出勤 0 名 上班

欠勤 0 名 缺勤

出社 0 名 去公司上班

退社 0 名 下班

退職 0 名 退休、辭職

辞職 0 名 離職、辭職

会議 1 名 會議

会議室 3 名 會議室

勤める 3 動 就業、工作、擔任

働く 0 動 做事、工作

仕事 0 名 工作

残業 0 名 加班

社長 0 名 社長

部長 0 名 部長

課長 0 名 課長

係長 3 名 科長

社員 1 名 員工

アルバイト 3 名 打工

給料 1 名 薪水

月給 0 名 月薪

時給 0 名 時薪

年休 0 名 年休

社員旅行 4 名 員工旅遊

6 買い物 / ショッピング 0 / 1 名 購物

コンビニ 0 名 便利商店

スーパー 1 名 超級市場

デパート 2 名 百貨公司

バーゲン 1 名 特價、特賣

商店街 3 名 商店街

雑貨 0 名 雑貨

日用品 0 名 日常用品

割引き 0 名 打折

食料品 / 食品 0 / 0 名 食品

試食 0 名 試吃

クレジットカード 6 名 信用卡

現金 / キャッシュ 3 / 1 名 現金

買う 0 動 買

第 **21～25** 天

問題4「即時應答」

考試科目 （時間）	題型			
	大題		內容	題數
聽解 55 分 鐘	1	課題理解	聽取具體的資訊，選擇適當的答案，測驗是否理解接下來該做的動作	5
	2	重點理解	先提示問題，再聽取內容並選擇正確的答案，測驗是否能掌握對話的重點	6
	3	概要理解	測驗是否能從聽力題目中，理解說話者的意圖或主張	5
	4	即時應答	聽取單方提問或會話，選擇適當的回答	11
	5	統合理解	聽取較長的內容，測驗是否能比較、整合多項資訊，理解對話內容	3

✳「問題4」會考什麼？

聽取單方提問或會話，選擇適當的回答。這是舊日檢考試中沒有出現過的新型態考題。考生必須依照場合與狀況，判斷要選擇哪個句子才適當。

✳「問題4」的考試形式？

試題本上沒有印任何字，而且提問與選項都很短，所以只能專心聆聽。共有十四個小題。答題方式為先聽一句簡單的話，接著聽三個回答選項，然後從中選出一個最適當的答案。

✳「問題4」會怎麼問？ **MP3 34**

・A：今日_{きょう}はいいお天気_{てんき}ですね。

　B：1. そうですね。

　　　2. そうですか？

　　　3. そうでしたね。

　A：今天天氣真好啊。
　B：1. 是啊。
　　　2. 是那樣嗎？
　　　3. 是那樣耶。

・A：遠慮_{えんりょ}しないでたくさんお召_めし上_あがりくださいね。

　B：1. そんなこと言_いわないでください。

　　　2. もういっぱいです。

　　　3. ありがとうございます。

　A：請別客氣多吃一點喔。
　B：1. 請不要説那種話。
　　　2. 已經很飽了。
　　　3. 謝謝您。

もんだい
問題4

　問題4では、問題用紙に何も印刷されていません。まず文を聞いてください。それから、それに対する返事を聞いて、1から3の中から、最もよいものを一つ選んでください。

― メモ ―

1 番 MP3 35

2 番 MP3 36

3 番 MP3 37

4 番 MP3 38

5 番 MP3 39

6 番 MP3 40

7番 MP3 41

8番 MP3 42

9番 MP3 43

10番 MP3 44

11番 MP3 45

12番 MP3 46

13番 MP3 47

14番 MP3 48

もんだい
問題4

> もんだい　もんだいようし　なに　いんさつ　ぶん　き
> 問題4では、問題用紙に何も印刷されていません。まず文を聞い
> へんじ　き
> てください。それから、それに対する返事を聞いて、1から3の中か
> もっと　ひと　えら
> ら、最もよいものを一つ選んでください。

　　問題4，試題紙上沒有印任何字。首先請先聽句子。接著，請聽它的回
答，然後從1到3裡面，選出一個最適當的答案。

（M：男性、男孩　F：女性、女孩）

❶番 ばん MP3 35

F：これ、つまらないものですが、よかったらどうぞ。

M：1. そうですね。

　　2. いつもすみません。

　　3. つまらないものですね。

F：這個，不成敬意的東西，如果不嫌棄，請收下。

M：1. 對啊。

　　2. 常常收您禮物，不好意思。

　　3. 真是不成敬意的東西呢。

答案：2

❷番 ばん MP3 36

M：ほら、もう直ったよ。

F：1. さすがね。

　　2. 早くしてよ。

　　3. もういい加減にして。

M：看，已經修好了喔。

F：1. 不愧是你啊。

　　2. 快一點啦。

　　3. 給我有分寸一點。

答案：1

❸番 ばん MP3 37

F：ほら、また水が出っぱなし。

M：1. 代わりに止めといてよ。

　　2. もうやったよ。

　　3. とっくに出しちゃったよ。

F：看，又讓水一直流了！

M：1. 幫我關起來啦。

　　2. 已經做了喔。

　　3. 早就交了啦。

答案：1

❹番 MP3 38

F：あなたのおごりなら、もっと高いお店にしよっと。

M：1. そろそろ給料日だね。

    2. おかげさまで。

    3. 調子がいいんだから。

F ：你請客的話，就要更貴的店啊。

M：1. 發薪日又快到了呢。

    2. 託您的福。

    3. 真會講話。

答案：3

❺番 MP3 39

M：田中さん、今日二日酔いで来られないんだって。

F ：1. よかったですね。

    2. それは大変ね。

    3. おつかれさま。

M：聽說田中先生今天宿醉來不了。

F ：1. 太好了。

    2. 那很慘耶。

    3. 辛苦了。

答案：2

❻番 MP3 **40**

F：資料整理くらいなら、私がやっておきますよ。

M：1. そうしてもらうと助かるよ。

　　2. そうだといいね。

　　3. いいかどうかは分からないよ。

F：只是整理資料之類的話，我來處理喔。

M：1. 真能如此，就是幫我大忙了。

　　2. 要是這樣就好啦。

　　3. 這樣好還是不好，我也不知道啊。

答案：1

❼番 MP3 **41**

M：今日は苦情の電話が多くて、本当に大変だったよ。

F：1. おつかれさまです。今日はゆっくり休んでください。

　　2. 仕事がたくさんあるのはいいことですね。

　　3. これからもがんばってください。

M：今天客訴的電話多，真是累壞了啊。

F：1. 辛苦了。今天請好好休息。

　　2. 有這麼多工作是好事啊。

　　3. 以後也請努力。

答案：1

❽番 MP3 **42**

M：あれっ、クーラーが止まってる。

F：1. 今日はだいぶ暑いですね。

　　2. もう止めましょうか。

　　3. 道理で暑いわけだ。

M：咦，冷氣停了。

F：1. 今天相當熱呢。

　　2. 要關起來嗎？

　　3. 怪不得這麼熱。

答案：3

❾番 MP3 **43**

M：最近、忙しそうだけど、だいぶもうかってるんでしょ。

F：1. そんなことないよ。

　　2. いやんなっちゃうよ。

　　3. いいじゃない、それでも。

M：最近看起來很忙，但是賺了不少吧！

F：1. 沒那回事啦！

　　2. 變得很討厭耶。

　　3. 有什麼不好嗎，就算那樣。

答案：1

M：息子さん、大学に合格したんだって？

F：1. そうなの。どうせまた同じよ。

　2. そうなの。またそのうちにね。

　3. そうなの。もううれしくって。

M：聽說妳兒子大學合格了？

F：1. 對啊。反正還是一樣啦。

　2. 對啊。再找時間喔。

　3. 對啊。真的好高興呢。

答案：3

F：おかげさまで、仕事が見つかりました。

M：1. それはよかった。

　2. それはお気の毒。

　3. それは大変だ。

F：託您的福，找到工作了。

M：1. 那真是太好了。

　2. 那真是太可憐了。

　3. 那真是太慘了。

答案：1

⑫番 MP3 46

M：最近、景気はどう？

F：1. さっぱりよ。

　　2. あっさりよ。

　　3. きっぱりよ。

- -

M：最近，景氣如何？

F：1. 慘澹哪。

　　2. 淡泊哪。

　　3. 乾脆哪。

答案：1

⑬番 MP3 47

M：もうこれがぎりぎりの値段ですね。

F：1. 本当に安いですね。

　　2. そこをなんとかお願いします。

　　3. そうしていただけますか。

- -

M：這已經是最底限的價格了。

F：1. 真的很便宜呢！

　　2. 拜託再幫忙想想辦法。

　　3. 能夠那樣嗎？

答案：2

14番 MP3 48

M：顔色が悪いけど、どうかした？

F：1. ちょっと気分がすぐれなくて。

　　2. お酒、もう1杯くれる？

　　3. ふだんあまり化粧しないから。

M：妳的臉色不好，怎麼了嗎？

F：1. 有點不舒服。

　　2. 酒，可以再來一杯嗎？

　　3. 因為平常不太化妝。

答案：1

1 ったらない 沒有比……更……、太……

　　「といったらない」的口語說法。表示某事物的程度是最高的、無法形容的。

・ばかばかしいったらない。

　　簡直荒唐透了。

・初めて海外旅行をしたときの感激ったらない。

　　第一次出國旅遊時激動得不得了。

2 あげく 最後、結果

　　接在「名詞＋の」或動詞的常體過去式後。表示在經過某一過程之後，產生了不好的結果。有時候也會以「あげくに」、「あげくの果て」的形式出現。

・いろいろ考えたあげく、離婚することにした。

　　想來想去，最後決定離婚了。

・彼は一人で悩んだあげく、単身赴任することにしたそうだ。

　　據說他一個人煩惱後，最後決定單身赴任了。

3 かたわら 在……的同時、一邊……一邊……

接在動詞連體形或「名詞＋の」之後。表示在較長一段時間內主要做某事的同時，也兼顧其他。

・彼女は教師としての活動のかたわら、作家としても活躍している。

她一邊當老師，一邊以作家的身分活躍著。

・留学生の多くは、大学に通うかたわら、学費を稼ぐためにアルバイトをしている。

大多數的留學生在上大學的同時，也為了賺取學費而打著工。

4 さえ 連……也……、連……都不……、根本不……

一般用來舉出極端的例子，多與下文的否定搭配。另外類似的表達還有「すら」，文言表達為「だに」。

・子供の頃は、死についてはただ考えるのさえ怖かった。

孩提時，關於死亡，只要想到就害怕。

・彼が飛行機事故で亡くなるなんて、想像さえしなかった。

他居然遇到飛機事故而喪生，連想也沒想過。

5 っこない 根本不可能……、絕對不可能……

接在動詞連用形後，強調事情不可能發生。文言表達為「わけがない」。

・ぜんぜん勉強してないんだから、試験に受かりっこないよ。

因為完全沒有唸書，所以根本不會考上啦。

・宝くじなんて当たりっこないよ。

彩券什麼的，絕對中不了的啦。

6 ときたら 提起……、說到……

接在名詞後，用於提出話題。其特徵是語句中包含對所提出話題的不滿、批評、責怪等等感情。

・うちの娘ときたら、毎日遊んでばっかりで困ってるんです。

説到我家女兒，每天光只是在玩，真傷腦筋。

・最近の若者ときたら、礼儀作法をまったく知らない。

提到最近的年輕人，一點都不懂得禮貌規矩。

聽解必背單字4 MP3 50

交通・街道篇

1 バス 1 名 巴士、公車

バス停 0 名 公車站

乗り場 0 1 名 乘車站

乗車 0 名 上車

下車 1 名 下車

発車 0 名 發車

停車 0 名 停車

目的地 3 名 目的地

～行き 接尾 往～

片道 0 名 單程

往復 0 名 往返

運転手 3 名 司機

乗客 0 名 乘客

アナウンス 2 / 3 名 廣播

2 電車 0 1 名 電車

車両 0 名 車輛

ホーム 1 名 月台

切符 0 名 票

乗車券 3 名 車票

～番線 接尾 第～月台

～号車 接尾 第～節車廂

始発 0 名 頭班車、首發、由～開出

終電 0 名 末班電車

終点 0 名 終點

私鉄 0 名 民營鐵路

地下鉄 0 名 地下鐵

JR 3 名 JR（舊日本國營鐵路）

鉄道 0 名 鐵路

改札口 4 名 驗票口

線路 1 名 軌道

各駅停車 5 名 慢車、各站停車

快速 かいそく 0 名 快車

踏切 ふみきり 0 名 岔口、平交道

特急 とっきゅう 0 名 特快車

信号 しんごう 0 名 紅綠燈

3 新幹線 しんかんせん 3 名 新幹線

上り のぼり 0 名 上行

～発 はつ 接尾 ～出發

下り くだり 0 名 下行

駅弁 えきべん 0 名 火車便當

自由席 じゆうせき 2 名 自由座

出張 しゅっちょう 0 名 出差

指定席 していせき 2 名 對號座

日帰り ひがえり 0 名 當天來回

～着 ちゃく 接尾 ～到達

経由 けいゆ 1 名 經由

4 飛行機 ひこうき 2 名 飛機

離陸 りりく 0 名 起飛

到着 とうちゃく 0 名 到達

着陸 ちゃくりく 0 名 著陸、降落

直行 ちょっこう 0 名 直達

パスポート 3 名 護照

乗る の 0 動 乘、坐

航空券 こうくうけん 3 名 機票

降りる お 2 動 下（車）

便 びん 1 名 班機

乗り換え のりか 0 名 換乘、轉機

空港 くうこう 0 名 機場

海外旅行 かいがいりょこう 5 名 國外旅遊

航空機 こうくうき 3 名 飛機

5 自動車 <ruby>自動車<rt>じ どう しゃ</rt></ruby> 2 / 0 名 汽車

<ruby>車<rt>くるま</rt></ruby> 0 名 車子

タクシー 1 名 計程車

レンタカー 3 名 出租車

<ruby>渋滞<rt>じゅうたい</rt></ruby> 0 名 塞車

ガソリン 0 名 汽油

ガソリンスタンド 6 名 加油站

<ruby>駐車場<rt>ちゅうしゃじょう</rt></ruby> 0 名 停車場

<ruby>高速道路<rt>こう そく どう ろ</rt></ruby> 5 名 高速公路

<ruby>橋<rt>はし</rt></ruby> 2 名 橋

<ruby>渡る<rt>わた</rt></ruby> 0 動 過、渡

<ruby>歩道橋<rt>ほ どう きょう</rt></ruby> 0 名 天橋

<ruby>交差点<rt>こう さ てん</rt></ruby> 0 名 交叉口、十字路口

<ruby>道路<rt>どう ろ</rt></ruby> 1 名 道路

<ruby>道<rt>みち</rt></ruby> 0 名 路

<ruby>通り<rt>とお</rt></ruby> 3 名 街道

<ruby>大通り<rt>おお どお</rt></ruby> 3 名 大馬路

<ruby>車道<rt>しゃ どう</rt></ruby> 0 名 車道

<ruby>横断歩道<rt>おう だん ほ どう</rt></ruby> 5 名 人行步道

<ruby>坂<rt>さか</rt></ruby> 2 名 坡道

<ruby>曲がる<rt>ま</rt></ruby> 0 動 轉、拐角

6 街（まち） 2 名 街道

高層（こうそう）ビル 5 名 高層大樓

金融機関（きんゆうきかん） 5 名 金融機關

銀行（ぎんこう） 0 名 銀行

郵便局（ゆうびんきょく） 3 名 郵局

消防署（しょうぼうしょ） 5 名 消防局

警察署（けいさつしょ） 5 名 警察局

交番（こうばん） 0 名 派出所

派出所（はしゅつじょ） 4 名 派出所

美術館（びじゅつかん） 2 名 美術館

博物館（はくぶつかん） 4 名 博物館

映画館（えいがかん） 3 名 電影院

図書館（としょかん） 2 名 圖書館

病院（びょういん） 0 名 醫院

住宅街（じゅうたくがい） 4 名 住宅區

商店街（しょうてんがい） 3 名 商店街

レストラン 1 名 餐廳

薬局（やっきょく） 0 名 藥店

不動産屋（ふどうさんや） 0 名 房屋仲介公司

花屋（はなや） 2 名 花店

八百屋（やおや） 0 名 蔬菜店

床屋（とこや） 0 名 理髮店

美容院（びよういん） 2 名 美容院

本屋（ほんや） 1 名 書店

第 **26～30** 天

問題5「統合理解」

考試科目 （時間）	題型			
		大題	內容	題數
聽解 55 分 鐘	1	課題理解	聽取具體的資訊，選擇適當的答案，測驗是否理解接下來該做的動作	5
	2	重點理解	先提示問題，再聽取內容並選擇正確的答案，測驗是否能掌握對話的重點	6
	3	概要理解	測驗是否能從聽力題目中，理解說話者的意圖或主張	5
	4	即時應答	聽取單方提問或會話，選擇適當的回答	11
	5	統合理解	聽取較長的內容，測驗是否能比較、整合多項資訊，理解對話內容	3

✱「問題5」會考什麼？

聽取較長的內容，測驗是否能比較、整合多項資訊，理解對話的內容。大多是二、三個人的會話，內容有討論話題、和別人商量或交換意見等等。

✱「問題5」的考試形式？

共有四個小題。首先聽較長的內容（不一定是會話，有可能是一個人説的話），接著聽二個人以上的會話內容，最後一邊聽問題一邊選出試題本上四個選項中的正確答案。

✱「問題5」會怎麼問？ MP3 51

・千葉の震度はいくつですか。

千葉的震度是幾級呢？

・男の人は何を食べますか。

男人要吃什麼呢？

・男の子は前にどんなお願いをしたことがありますか。

男孩之前許下了什麼願望呢？

►►► 問題 5 實戰練習

問題5

> 問題5では、長めの話を聞きます。この問題には練習はありません。
> メモをとってもかまいません。

1番、2番

> 問題用紙に何も印刷されていません。まず話を聞いてください。そ
> れから、質問とせんたくしを聞いて、1から4の中から、最もよいもの
> を一つ選んでください。

①番

質問 **1** MP3 **52**

1. 視界が悪いため欠航

2. 東京へ引き返す

3. 2時間遅れで出発

4. 平常運行

質問 **2** MP3 **53**

1. 視界が悪いため欠航

2. 東京へ引き返す

3. 2時間遅れで出発

4. 平常運行

❷番

質問 **1** MP3 **54**

1. 下着の着用

2. お化粧

3. アクセサリーの着用

4. 車の運転

質問 **2** MP3 **55**

1. がまんして寝る

2. 飴をなめる

3. 水を少し飲む

4. 唇をぬらす

3番

まず話を聞いてください。それから、二つの質問を聞いて、それぞ
れ問題用紙の1から4の中から、最もよいものを一つ選んでください。

3番

質問 **1** MP3 **56**

1. さっぱりタイプ

2. しっとりタイプ

3. 美白タイプ

4. 肌ひきしめタイプ

質問 **2** MP3 **57**

1. さっぱりタイプ

2. しっとりタイプ

3. 美白タイプ

4. 肌ひきしめタイプ

❹番

1. 背負えるリュック

2. 肩にかけるバッグ

3. 手で持つハンドバッグ

4. 腰につけるウエストバッグ

1. 帽子

2. 運動靴

3. 虫よけスプレー

4. 上着

問題 5 實戰練習解析

> 問題5では、長めの話を聞きます。この問題には練習はありません。
>
> メモをとってもかまいません。
>
> 問題5是長篇聽力。這個問題沒有練習。
>
> 可以做筆記。

（M：男性、男孩　F：女性、女孩）

1番、2番

> 問題用紙に何も印刷されていません。まず話を聞いてください。それから、質問とせんたくしを聞いて、1から4の中から、最もよいものを一つ選んでください。
>
> 第一題、第二題
>
> 問題紙上沒有印任何字。首先，請聽會話。接著，請聽提問和選項，然後從1到4裡面，選出一個最適當的答案。

1番 MP3 52 MP3 53

くうこう
空港のアナウンスが流れています。

F1：本日は全国的に梅雨前線に覆われ、いくつかの空港でフライトに影響が出ています。北九州行きの1便ですが、空港の視界が悪いため欠航となりました。それから、熊本行きの1便は霧で着陸できない場合、鹿児島に向かうという条件がついています。また、この便は出発が2時間遅れの10時15分を予定しています。その他、広

島、大分行きも空港の天候が悪いため着陸できない場合は、他の空港へ向かうか東京へ引き返すという条件がついています。また今後、天候調整を予定している便につきましては、各航空会社の案内係に直接おたずねください。関東方面は現在のところ、平常運行となっております。

M ：ってことは熊本まで飛ぶか分からないってこと？

F2：そうみたいね。しかも出発、2時間遅れだって。

M ：新幹線か高速バスで行こうか？

F2：そのほうが確実みたいね。

M ：よし、新幹線にしよう！

質問 1

北九州行きの便は、現在どうなっていますか。

1. 視界が悪いため欠航

2. 東京へ引き返す

3. 2時間遅れで出発

4. 平常運行

熊本行きの便は、現在どうなっていますか。

1. 視界が悪いため欠航

2. 東京へ引き返す

3. 2時間遅れで出発

4. 平常運行

機場正在廣播。

F1：今天全國被梅雨前線所籠罩，有幾個機場的航班受到影響。往北九州的第一
　　航班，因機場視線不良而停飛。接著，往熊本的第一航班，若因霧無法著
　　陸，將飛往鹿兒島。另外，這個航班將延遲二小時，預定十點十五分出發。
　　其它往廣島、大分的航班若也因為機場天候不佳無法著陸，將飛往其他機場
　　或飛回東京。還有之後，預定因天氣做調整的航班，請直接詢問各航空公司
　　的櫃檯。關東方面現在，則是正常起飛。

M ：也就是説，到熊本的不知道飛不飛囉？
F2：好像是這樣耶。而且説，要延後二小時出發。
M ：搭新幹線或高速巴士去吧？
F2：那樣可能比較牢靠呢。
M ：好！就搭新幹線吧！

問 1
往北九州的航班，現在變成怎樣呢？
1. 因為視線不好，所以停飛
2. 返回東京
3. 晚二個小時出發
4. 正常起飛

答案：1

往熊本的航班，現在變成怎樣了呢？

1. 因為視線不好，所以停飛

2. 返回東京

3. 晚二個小時出發

4. 正常起飛

答案：3

2番 MP3 **54** MP3 **55**

病院で看護士さんが健康診断の際の注意事項を説明しています。

F1：今日の検査は以上です。明日は胃と腸の検査になりますので、朝10時にはこの階の受付に来ていてください。それから、今夜8時以降は食べたり飲んだりしないように。お茶も水も飲んじゃだめですよ。どうしても喉が渇くようなら、ティッシュペーパーを水でぬらして、唇を拭く程度にしてください。あと、寝る前にこの下剤を飲んでください。明日の朝、おなかがからっぽになっていないと検査できませんので、忘れずに飲んでくださいね。そうそう、女性の方にお願いですが、お化粧はしないで来てください。

F2：8時以降は何も食べちゃいけないんだって。

M ：つらいな。帰ったらビールでも飲んで、寝るしかないね。

F2：飲み物もだめって、さっき言ってなかったっけ？

M ：言ってたかも。それじゃ、喉が渇いたらどうしたらいいんだ？

F2：それもさっき説明があったでしょ。

検査の当日、女の人が禁止されているのは何ですか。

1. 下着の着用

2. お化粧

3. アクセサリーの着用

4. 車の運転

8時以降、喉が渇いたらどうしたらいいですか。

1. がまんして寝る

2. 飴をなめる

3. 水を少し飲む

4. 唇をぬらす

醫院裡，護士正説明健康檢查時的注意事項。

F1：今天的檢查到此為止。由於明天要做胃和腸的檢查，所以請在早上十點之前到這個樓層的櫃檯。另外，今天晚上八點以後不可以吃或喝東西。茶和水也不行喝喔。無論如何都覺得渴的話，請用水沾濕面紙，僅到擦拭嘴唇的程度。還有，睡覺前請吃這個瀉藥。明天早上，因為肚子不空空的，就不能做檢查，所以別忘了要吃藥喔。對了、對了，麻煩女性請不要化妝來。

F2：她説八點以後不可以吃任何東西耶。

M ：很難受耶。回家以後，只能喝喝啤酒就去睡了。

F2：喝的東西也不行，她剛剛沒説嗎？

M ：可能説了吧。那，口渴了要怎麼辦啊？

F2：這個剛剛不是也説明了嘛！

問 1

檢查當天，女性被禁止的是什麼呢？

1. 穿內衣
2. 化妝
3. 戴飾品
4. 開車

答案：2

問 2

八點以後，如果口渴了，該如何呢？

1. 忍耐去睡覺
2. 舔糖果
3. 喝一點點水
4. 沾溼嘴唇

答案：4

まず話を聞いてください。それから、二つの質問を聞いて、それぞ
れ問題用紙の1から4の中から、最もよいものを一つ選んでください。

第三題
　　首先，請聽會話。接著，請聽二個提問，然後分別從問題紙的1到4當
中，選出一個最適當的答案。

3番 MP3 MP3
　ばん 56 57

お店の女性が新しい化粧品について説明しています。

F1：これはアメリカで、今1番売れている化粧水です。さっぱりタイプ
　　としっとりタイプ、美白タイプ、そして肌ひきしめタイプの4種類
　　があります。人によって肌質が異なりますので、自分に合ったタ
　　イプのものをお選びください。40歳以上の女性におすすめなの
　　は、この肌ひきしめタイプです。アメリカでは雑誌にも度々掲載
　　されているヒット商品です。つけた瞬間肌がひきしまり、少なく
　　とも10歳は若返ります。白い肌になりたい方には、もちろんこち
　　らの美白タイプがおすすめです。このモデルさんのお顔、見てい
　　てくださいね。ほらっ、あっという間に色白になったでしょう。
　　じつはこの化粧水、男性にもかなり売れてるんですよ。特にこの
　　さっぱりタイプ。あぶらっぽい肌は、女性に嫌われますからね。

M：買うんなら、さっぱりタイプにしたら？1番安いから。

F2：どうせ買うんなら肌ひきしめタイプでしょ。10歳も若返るんだっ
　　てよ。

M：まったく。それなら、俺も買おうかな。さっぱりタイプ。

F2：いいんじゃない？肌、だいぶ油っぽいもんね。ついでに肌ひきし
　　めタイプのもつけたら？若返るよ！

M：それはいいよ。

質問 1

この女の人はどのタイプの化粧水がほしいですか。

1. さっぱりタイプ

2. しっとりタイプ

3. 美白タイプ

4. 肌ひきしめタイプ

質問 2

この男の人はどのタイプの化粧水を買おうと考えていますか。

1. さっぱりタイプ

2. しっとりタイプ

3. 美白タイプ

4. 肌ひきしめタイプ

商店的女性正就新的化妝品做説明。

F1：這是在美國，現在賣得最好的化妝水。有清爽型和滋潤型、美白型，還有緊
　　緻肌膚型四種。因為肌膚因人而異，所以請選擇合適自己類型的產品。推薦

四十歲以上女性的，是這個緊緻肌膚型。這是在美國雜誌上也被報導多次的暢銷商品。抹上去的瞬間，肌膚立刻緊縮，至少可以年輕十歲。而想要成為白皙肌膚的人，當然是推薦這個美白型。請看看這位模特兒的臉喔。看！是不是瞬間變白了呢！其實這個化妝水，也相當受男性歡迎喔！尤其是這個清爽型。因為油膩膩的臉，會被女性討厭喔。

M ：如果要買，這個清爽型如何？因為最便宜。
F2：反正都要買了，還是緊緻肌膚型吧！可以年輕十歲耶！
M ：真受不了妳。這樣的話，我也買吧！清爽型的。
F2：不錯啊！因為你的臉，還相當油呢。順便再塗緊緻型的如何？可以變年輕喔！
M ：那個就不用了。

問 **1**

這個女人想要哪種類型的化妝水呢？

1. 清爽型
2. 滋潤型
3. 美白型
4. 緊緻肌膚型

答案：4

問 **2**

這個男人在考慮買哪一種類型的化妝水呢？

1. 清爽型
2. 滋潤型
3. 美白型
4. 緊緻肌膚型

答案：1

4番 MP3 58 MP3 59

先生が遠足に出かける格好について話しています。

F1：明日は歩きやすい靴をはいてきてください。運動靴じゃなくても
かまいませんが、新しい靴じゃなく、はき慣れた靴にしてくださ
い。それからバッグですが、できれば背負うタイプのリュックが
理想ですが、なければ肩にかけられるものにしましょう。たくさ
ん歩きますから、手には何も持たないほうがいいと思います。そ
うそう、帽子はぜったい忘れないでください。夏は日射病にかか
りやすいですからね。それから、女の子はスカートじゃないほう
がいいですよ。不便ですから。虫よけスプレーは学校で用意する
ので、持ってこなくてもいいです。お弁当も出ますので、必要あ
りません。

M：楽しみだね。

F2：うん。私、リュック持ってないけど、このバッグでだいじょうぶ
かな。

M：だいじょうぶだよ。肩にかけられるから。

F2：よかった。でも、帽子持ってないから、買わなくちゃ。

M：僕、たくさん持ってるから、貸してあげるよ。

F2：本当？ありがとう。

女の子は遠足にどんなバッグを持って行きますか。

1. 背負えるリュック

2. 肩にかけるバッグ

3. 手で持つハンドバッグ

4. 腰につけるウエストバッグ

質問 2

男の子は女の子に何を貸してあげますか。

1. 帽子

2. 運動靴

3. 虫よけスプレー

4. 上着

老師就遠足的裝備說著話。

F1：明天請穿好走的鞋子。不是運動鞋也沒有關係，但是請不要穿新鞋，要穿走得慣的鞋。還有包包，可以的話，後背型的背包是最理想的，但是沒有的話，就背可以掛在肩上的包包吧！因為要走很多路，所以我覺得最好手上什麼東西都不要拿。對了、對了，請絕對不要忘記帽子。因為夏天容易中暑喔。還有，女生最好不要穿裙子喔。因為不方便。除蟲噴霧學校會準備，所以不帶來也沒關係。也會給便當，所以不用帶。

M ：好期待喔。

F2：嗯。我沒有背包，這個包包沒問題吧？

M ：沒問題啦！因為可以掛在肩上啊。

F2：太好了。可是，我沒有帽子，所以不買不行。

M ：我有很多，借給你喔。

F2：真的？謝謝。

問 **1**

女孩要背什麼樣的包包去遠足呢？

1. 可以背的背包
2. 掛在肩上的包包
3. 用手拿的手提包
4. 繫在腰上的腰包

答案：2

問 **2**

男孩要借給女孩什麼東西呢？

1. 帽子
2. 運動鞋
3. 防蟲噴霧
4. 上衣

答案：1

1 どうにも 怎麼也……不……、實在

　　有二種用法。第一種後面接續否定，表示不管使用什麼手段，某種行為以及狀態都難以成立。另一種用法則表示感到困惑的情緒。

・過ぎたことを今さら悔やんでも、どうにもならないよ。

過去的事即使現在後悔也沒用喔。

・あの子には、どうにも困ったものだ。

那個孩子，實在是傷腦筋。

2 じまい 沒……成、沒能……

　　接在動詞的未然形加否定助動詞「ず」之後，表示沒能做成某事時間就過去了的意思，多帶有非常惋惜的語氣。

・せっかくフランスに行ったのに、忙しくて何も買わずじまいだった。

難得去了趟法國，但是因為太忙什麼都沒買成。

・クーラーを買ったが、今年の夏は涼しくて使わずじまいだった。

好不容易買了冷氣，但是今年夏天涼，結果一天也沒用到。

3 っけ　是不是……來著？

用於自己記不清楚而向對方確認時，是比較隨和的口語形式，不適合用於對長輩時。如果要對長輩說的話，用「でしたっけ」、「ましたっけ」、「んでしたっけ」等説法。

・明日、鈴木さんも来るんだっけ？

　明天，鈴木先生是不是也要來呢？

・あれ？今日は休みじゃなかったっけ？

　咦？今天該不是休假了吧？

4 せめて　最少、起碼、哪怕

表示「儘管不充分，但至少也……」的意思，後面接續表示決心或願望等的表達方式。多以「せめて……ぐらいは（くらいは）」的形式出現。

・小さくてもいいから、せめて自分の家がほしい。

　哪怕是小一點也沒關係，我想要自己的家。

・せめて一週間ぐらいはゆっくり休みたい。

　最少一個禮拜左右，想好好休息。

5 さっぱりだ　完全不行、很糟糕

表示不好、不理想的意思。

・A：最近、株の調子はどう？

　B：聞かないで。さっぱりだよ。

　A：最近，股票的狀況怎麼樣？

　B：別問了！糟透了。

・今年の冬は暖かくて、ダウンコートの売れ行きがさっぱりだそうだ。

　聽説因為今年冬天較暖和，羽絨外套的銷售狀況極差。

6 からって　就是因為⋯⋯、僅因⋯⋯就⋯⋯

用於引用別人陳述的理由或表示僅僅這一點理由。是「からといって」較通俗的説法。

・田中くん、おなかが痛いからって、先に帰っちゃったよ。

　田中同學説他因為肚子痛就先回去了。

・有名人だからって、何でも手に入るわけじゃない。

　並不是説名人就什麼都可以隨心所欲。

興趣篇

1 運動 / スポーツ 0 / 2 名 運動

野球 0 名 棒球

ゴルフ 1 名 高爾夫球

テニス 1 名 網球

バスケットボール 6 名 籃球

バレーボール 4 名 排球

サッカー 1 名 足球

バドミントン 3 名 羽毛球

卓球 0 名 桌球

スキー 2 名 滑雪

スケート 0 名 滑冰

マラソン 0 名 馬拉松

ジョギング 0 名 慢跑

ダンス 1 名 舞蹈

バレエ 1 名 芭蕾

登山 1 名 登山

太極拳 4 名 太極拳

柔道 1 名 柔道

空手 0 名 空手道

剣道 1 名 劍道

相撲 0 名 相撲

水泳 0 名 游泳

ボウリング 0 名 保齡球

選手 1 名 選手

プロ 1 名 專業

アマチュア 0 名 業餘

走る 2 動 跑

打つ 1 動 打

蹴る 1 動 踢

泳ぐ 2 動 游泳

滑る 2 動 滑

投げる 2 動 投

練習する 0 動 練習

2 音楽 1 名 音樂

クラシック 3 名 古典音樂

ジャズ 1 名 爵士樂

ポップス 1 名 流行音樂

ロック 1 名 搖滾樂

楽器 0 名 樂器

ピアノ 0 名 鋼琴

ギター 1 名 吉他

バイオリン 0 名 小提琴

ドラム 1 名 鼓

フルート 2 名 長笛

コンサート 1 名 音樂會、演唱會

バンド 0 名 樂團

歌手 1 名 歌手

演奏 0 名 演奏

歌 0 名 歌

曲 0 名 曲

アイドル 1 名 偶像

流行 0 名 流行

歌詞 1 名 歌詞

作詞 0 名 作詞

作曲 0 名 作曲

弾く 0 動 彈

叩く 2 動 敲

吹く 1 動 吹

カラオケ 0 名 卡拉OK

合唱 0 名 合唱

マイク 1 名 麥克風

3 芸術／アート 0 / 1 名 藝術

鑑賞 0 名 觀賞、欣賞

絵画 1 名 繪畫

絵 1 名 畫

油絵 3 名 油畫

水彩画 0 名 水彩畫

洋画 0 名 西洋畫

日本画 0 名 日本畫

山水画 3 名 山水畫

画家 0 名 畫家

描く 1 動 畫畫

版画 0 名 版畫

浮世絵 0 3 名 浮世繪（日本江戶
　　時代的風俗畫）

写真 0 名 照片

撮る 1 動 攝影

彫刻 0 名 雕刻

陶芸 0 名 陶藝

イラスト 0 名 插畫

茶道 1 名 茶道

華道 1 名 花道

生け花 2 名 插花

書道 1 名 書法

4 演技 えんぎ 1 名 演戲

芝居 しばい 0 名 戲劇

映画 えいが 1 0 名 電影

洋画 ようが 0 名 西洋電影

邦画 ほうが 0 名 日本電影

撮影 さつえい 0 名 攝影

監督 かんとく 0 名 導演

役者 やくしゃ 0 名 演員

アニメ 1 名 動畫

悲劇 ひげき 1 名 悲劇

喜劇 / コメディー きげき 1 / 1 名 喜劇

時代劇 じだいげき 2 名 時代劇

テレビ 1 名 電視

放送 ほうそう 0 名 播放

番組 ばんぐみ 0 名 節目

ドラマ 1 名 電視劇

俳優 はいゆう 0 名 演員

女優 じょゆう 0 名 女演員

出演 しゅつえん 0 名 演出

漫才 まんざい 3 名 相聲

落語 らくご 0 名 單口相聲

芸能人 げいのうじん 3 名 藝人

能 のう 0 名 能樂

歌舞伎 かぶき 0 名 歌舞伎

狂言 きょうげん 3 名 狂言

5 文学 ぶんがく 1 名 文學

読書 どくしょ 1 名 讀書

読む よ 1 動 讀、唸、看

名作 めいさく 0 名 名作

小説 しょうせつ 0 名 小説

作品 さくひん 0 名 作品

推理小説 すいりしょうせつ 4 名 推理小説

ＳＦ小説 エスエフしょうせつ 5 名 科幻小説

ノンフィクション 3 名 寫實文學

フィクション 1 名 虛構文學

物語 / ストーリー ものがたり 3 / 2 名 故事

伝記 でんき 1 名 傳記

作家 さっか 0 名 作家

小説家 しょうせつか 0 名 小説家

創作 そうさく 0 名 創作

童話 どうわ 0 名 童話

昔話 むかしばなし 4 名 傳説、民間故事

漫画 まんが 0 名 漫畫

神話 しんわ 0 名 神話

短歌 たんか 1 名 短歌（由三十一個假名組成的歌）

俳句 はいく 0 名 俳句（由五、七、五的三句共十七個音節組成的短詩）

詩 し 0 名 詩

随筆 / エッセイ ずいひつ 0 / 1 名 隨筆

日記 にっき 0 名 日記

書く か 1 動 寫

6 レジャー 1 名 休閒活動

正月休み（しょうがつやす）5 名 新年假期

夏休み（なつやす）3 名 暑假

冬休み（ふゆやす）3 名 寒假

ゴールデンウイーク 7 名 黃金週

連休（れんきゅう）0 名 連休

旅行（りょこう）0 名 旅行

旅（たび）2 名 旅行

観光（かんこう）0 名 観光

温泉（おんせん）0 名 温泉

散歩（さんぽ）0 名 散歩

花見（はなみ）3 名 賞花

紅葉（こうよう）0 名 紅葉

ピクニック 1 名 野餐

遊ぶ（あそ）0 動 玩

ゲーム 1 名 遊戲

囲碁（いご）1 名 圍棋

将棋（しょうぎ）0 名 日本象棋

チェス 1 名 西洋棋

附錄

新日檢N1聽解
擬真試題＋解析

在學習完五大題的題目解析之後，馬上來進行擬真試題測驗加強學習成效，聽解實力再加強。

N1

聴解

（55分）

注　　意
Notes

1. 試験が始まるまで、この問題用紙を開けないでください。
   Do not open this question booklet until the test begins.
2. この問題用紙を持って帰ることはできません。
   Do not take this question booklet with you after the test.
3. 受験番号と名前を下の欄に、受験票と同じように書いてください。
   Write your examinee registration number and name clearly in each box below as written on your test voucher.
4. この問題用紙は、全部で11ページあります。
   This question booklet has 11 pages.
5. この問題用紙にメモをとってもかまいません。
   You may make notes in this question booklet.

受験番号　Examinee Registration Number	

名前　Name	

日本語能力試験 解答用紙

N1 聴解

受験番号
Examinee Registration
Number

名前
Name

もんだい 問題 1

1	①	②	③	④
2	①	②	③	④
3	①	②	③	④
4	①	②	③	④
5	①	②	③	④
6	①	②	③	④

もんだい 問題 2

1	①	②	③	④
2	①	②	③	④
3	①	②	③	④
4	①	②	③	④
5	①	②	③	④
6	①	②	③	④
7	①	②	③	④

もんだい 問題 3

1	①	②	③
2	①	②	③
3	①	②	③
4	①	②	③
5	①	②	③
6	①	②	③

もんだい 問題 4

1	①	②	③
2	①	②	③
3	①	②	③
4	①	②	③
5	①	②	③
6	①	②	③
7	①	②	③
8	①	②	③
9	①	②	③
10	①	②	③
11	①	②	③
12	①	②	③
13	①	②	③

もんだい 問題 5

1		①	②	③
2		①	②	③
3	(1)	①	②	③
	(2)	①	②	③

> 問題1では、まず質問を聞いてください。それから話を聞いて、問
> 題用紙の1から4の中から、最もよいものを一つえらんでください。

①番 MP3 62

1. 緑や黒を使って川を塗る
2. 紅葉の色を変えてみる
3. 白い絵の具で川を描く
4. 大きい筆で川の流れを描く

②番 MP3 63

1. 会議の資料をコピーする
2. 詳しい資料を作成する
3. 営業部長にあいさつに行く
4. 展示会の会場を作る

❸番 MP3 64

1. 会議室のマイクを準備する
2. 部長に企画書を見せる
3. 商品の写真を確認する
4. 新商品の説明を書き直す

❹番 MP3 65

1. 『スーパーホワイト』を歯みがき粉のコーナーに置く
2. 『スーパーホワイト』を紹介する広告を作る
3. 『スーパーホワイト』がほしいお客様に20個渡す
4. 倉庫に行って『スーパーホワイト』の数を確認する

⑤番 MP3 66

1. 抱っこしてあげる
2. マッサージしてあげる
3. 体をなでてあげる
4. 動物病院に連れていく

⑥番 MP3 67

1. 読んでいる姿を動画撮影する
2. 声を録音しながら読む
3. 会場を想像しながら読む
4. 作文を簡単に書きなおす

問題2では、まず質問を聞いてください。そのあと、問題用紙のせんたくしを読んでください。 読む時間があります。それから話を聞いて、問題用紙の1から4の中から、最もよいものを一つえらんでください。

1番 MP3 68
1. 息子がひどいやけどで入院したから
2. 妻が持病の悪化で救急車で運ばれたから
3. 妻と息子の世話をしなければならないから
4. 先生の腰痛が悪化して動けないから

2番 MP3 69
1. 結婚で仕事を辞めることになったから
2. 彼氏がアメリカに移住してしまうから
3. 結婚がだめになったから
4. プロジェクトから外されたから

③番 MP3 **70**

1. 企業の育児支援を法律で義務化すること
2. 女性だけでなく男性の産休期間も認めること
3. 地域による子育て支援システムを作ること
4. 子育てにかかる費用を政府が負担すること

④番 MP3 **71**

1. 勝手に別の人に貸してしまったから
2. 大切な漫画を汚してしまったから
3. 漫画をなくしてしまったから
4. 吉田くんに貸してしまったから

⑤番 MP3 **72**

1. SNSで同じ趣味をもった人たちと意見交換でき
   ること
2. 同じ趣味をもった人たちから刺激がもらえること
3. 外で絵を描くようになり、健康になったこと
4. 人といっしょにいることが楽しくなったこと

❻番 MP3 73

1. 眉毛を描かないで学校に来てしまったから
2. 値札がついたままの服を着て登校したから
3. 男装して歌っている動画を送ってしまったから
4. 酔って泣いている写真を送ってしまったから

❼番 MP3 74

1. 休みがたくさんあるから
2. 人の役にたつ仕事がしたいから
3. 残業が少なそうだから
4. 営業の仕事で成功したいから

もんだい
問題3

問題3では、問題用紙に何も印刷されていません。この問題は、全体としてどんな内容かを聞く問題です。話の前に質問はありません。まず話を聞いてください。それから、質問とせんたくしを聞いて、1から4の中から、最もよいものを一つ選んでください。

― メモ ―

1番 　MP3 75

2番 　MP3 76

3番 　MP3 77

4番 　MP3 78

5番 　MP3 79

6番 　MP3 80

もんだい
問題4

問題4では、問題用紙に何も印刷されていません。まず文を聞いて
ください。それから、それに対する返事を聞いて、1から3の中から、
最もよいものを一つ選んでください。

― メモ ―

1番 MP3 81

2番 MP3 82

3番 MP3 83

4番 MP3 84

5番 MP3 85

6番 MP3 86

7番 MP3 87

8番 MP3 88

9番 MP3 89

10番 MP3 90

11番 MP3 91

12番 MP3 92

13番 MP3 93

附錄　新日檢N1聽解　擬真試題＋解析

問題5では、長めの話を聞きます。この問題には練習はありません。

メモをとってもかまいません。

1番、2番

問題用紙に何も印刷されていません。まず話を聞いてください。

それから、質問とせんたくしを聞いて、1から4の中から、最もよい

ものを一つ選んでください。

— メモ —

①番 MP3 94

②番 MP3 95

3番^{ばん}

まず話^{はなし}を聞^きいてください。それから、二^{ふた}つの質問^{しつもん}を聞^きいて、それぞれ問題用紙^{もんだいようし}の1から4の中^{なか}から、最^{もっと}もよいものを一^{ひと}つ選^{えら}んでください。

③ 番^{ばん} MP3 96

質問1^{しつもん}

1. 1番^{ばん}のアイデア
2. 2番^{ばん}のアイデア
3. 3番^{ばん}のアイデア
4. 4番^{ばん}のアイデア

質問2^{しつもん} MP3 97

1. 1番^{ばん}のアイデア
2. 2番^{ばん}のアイデア
3. 3番^{ばん}のアイデア
4. 4番^{ばん}のアイデア

問題1

1番 3

2番 2

3番 4

4番 1

5番 2

6番 1

問題2

1番 3

2番 4

3番 3

4番 1

5番 4

6番 3

7番 3

問題3

1番 4

2番 4

3番 4

4番 2

5番 2

6番 4

問題4

1番 2

2番 2

3番 1

4番 1

5番 3

6番 2

7番 3

8番 1

9番 3

10番 2

11番 1

12番 3

13番 1

問題5

1番 3

2番 4

3番 質問1 4

　　 質問2 3

擬真試題原文＋中文翻譯

もんだい
問題1

　　問題1では、まず質問を聞いてください。それから話を聞いて、問題用紙の1から4の中から、最もよいものを一つえらんでください。

　　問題1，請先聽問題。接下來聽會話，從試題紙的1到4裡面，選出一個最適當的答案。

（M：男性、男孩；F：女性、女孩）

①番 MP3 62

美術の授業で先生と男の生徒が話しています。男の生徒はこのあとまず何をしますか。

M：先生、ちょっと見ていただけますか。

F：いいわよ。だいぶよくなったわね。

　　特に山の紅葉の感じがとてもよくなったわ。

M：ありがとうございます。

　　先生に指導していただいたおかげで直し方がわかりました。

　　でも、この川の部分がやっぱりうまく描けません。

F：水の流れを描くのは、プロでも難しいのよ。

　　あらっ、川の色を変えた？

M：はい。青だけじゃなくて、緑とか黒とかも加えて変化をつけてみました。

F：とてもいいと思うわ。

M：でも、やっぱり流れているように見えないんです。

　　どうしたらいいですか。

F：この部分に白をたくさん使うの。

M：こうですか？

F：ちがうちがう。筆、ちょっと貸して。

　　こうやって、筆を大きく動かすの。

M：わあ、ほんとうだ！水が流れているみたいです。

　　先生、ありがとうございます。

F：そこをまず直したら、また見せてちょうだい。

M：はい。

男の生徒はこのあとまず何をしますか。

1. 緑や黒を使って川を塗る
2. 紅葉の色を変えてみる
3. 白い絵の具で川を描く
4. 大きい筆で川の流れを描く

第1題

美術課裡，老師和男學生正在説話。男學生之後要先做什麼呢？

M：老師，可以幫我看一下嗎？

F：好啊！大致都變好了呢！

　　尤其山的紅葉的感覺，變得非常好呢！

M：謝謝您。

　　託老師指導之福，我知道修改的方法了。

　　但是，這條河川的部分，還是沒有辦法畫得很好。

F ：畫水流這件事，即使是專家也很難喔！

　　咦，你把河川換顏色啦？

M ：是的。不只是藍色，還加上綠色和黑色，試著讓它有變化。

F ：我覺得非常好喔！

M ：但是，仍然看不出來在流動。

　　該怎麼辦呢？

F ：這個部分要用很多白色。

M ：這樣嗎？

F ：不是、不是。筆，借我一下。

　　像這樣，大筆一揮。

M ：哇啊，真的耶！水好像在流動。

　　老師，謝謝您。

F ：先修改那裡，然後再給我看。

M ：好的。

男學生之後要先做什麼呢？

1. 用綠色和黑色幫河川上色

2. 試著把紅葉換顏色

3. 用白色的顏料幫河川上色

4. 用大隻的筆描繪河川的流動

答案：3

会社で男の人と女の人が話しています。女の人はこのあとまず何をしな

ければなりませんか。

M：来週の展示会の件、営業部長に聞いてる？

F：手伝ってほしいとは言われましたけど、具体的にはまだ何も。

M：そう。営業のほうから頼まれたんだけど、明日の朝までに、もっと

　　詳しい資料が必要なんだって。悪いんだけど、大至急作成してくれ

　　ないかな。

F：はい、分かりました。

M：この間の会議のときに決まったことをもとに作ってみて。

F：はい。あの、何時までに？

M：営業の会議が始まる前だから、3時までにお願いできるかな。

F：3時ですか。このあと、会議の準備があるんですが、そのあとでも

　　いいですか。

M：できれば、それは他の人にお願いして、こっちを優先してほしいん

　　だけど。

F：分かりました。杉田さんにお願いしてみます。

M：悪いけど、頼むよ。いつもありがとね。

F：いえ。

女の人はこのあとまず何をしなければなりませんか。

1. 会議の資料をコピーする
2. 詳しい資料を作成する
3. 営業部長にあいさつに行く
4. 展示会の会場を作る

第2題

公司裡，男人和女人正在説話。女人之後非先做什麼不可呢？

M ：下週展示會的事情，聽營業部長説了嗎？

F ：有説希望我們幫忙，但具體上什麼都還沒。

M ：沒錯。營業那邊拜託我們了，説在明天早上以前，需要更詳細的資料。不好意思，可以緊急幫我製作嗎？

F ：好的，知道了。

M ：以之前開會時決定的事項為基礎，試著做做看。

F ：好的。那個，要在幾點之前呢？

M ：因為要在營業會議開始之前，所以可以拜託妳三點之前嗎？

F ：三點嗎？我之後，要做會議的準備，在那之後可以嗎？

M ：如果可以，希望那個拜託別人，以這個為優先……。

F ：知道了。我試著拜託杉田小姐看看。

M ：不好意思，但是拜託喔！每次都讓妳幫忙，謝謝喔！

F ：不會。

女人之後非先做什麼不可呢？

1. 影印會議的資料
2. 製作詳細的資料
3. 去跟營業部長打招呼
4. 布置展示會的會場

答案：2

女の人が新商品の企画書について男の人と話しています。女の人はこのあと何をしなければなりませんか。

F：課長、午後の会議で使う企画書なんですが、部長が外出中なので代わりに見ていただけますか。

M：ああ、いいよ。見せて。

F：お忙しいところ、すみません。お願いします。

M：うん、よくできてるね。グラフとか写真も豊富で、分かりやすいよ。

F：ありがとうございます。

M：ただ、新商品のすごさがあまり伝わってこないかな。商品の説明の部分、もう少し詳しくしたほうがいいと思う。

F：分かりました。

M：急いで書き直して、もう一度ぼくに見せて。あれっ、この写真は昔の商品のものじゃないかな。

F：えっ、そうですか。部長に渡された写真を使ったんですが……。急いで確認してみます。

M：いや、写真のことはぼくにまかせて。福山くんに確認させるから。そうそう、会議室のマイクと参加者の飲み物は準備できてる？

F：それなら、山本さんがもうやってくれました。

M：そう。

女の人はこのあと何をしなければなりませんか。

1. 会議室のマイクを準備する

2. 部長に企画書を見せる

3. 商品の写真を確認する
4. 新商品の説明を書き直す

第3題

女人正就新產品的企劃書和男人說話。女人之後非做什麼不可呢？

F ：課長，下午開會要用的企劃書，因為部長外出，所以可以請您代理幫我看看嗎？

M ：啊，好啊！給我看看。

F ：您正在忙，對不起。麻煩您了。

M ：嗯，做得很好呢！圖表和照片很豐富，很容易懂喔！

F ：謝謝您。

M ：不過，新產品厲害的地方，好像沒有表達出來，是嗎？
我覺得產品說明的部分，再稍微詳細一點比較好。

F ：知道了。

M ：緊急修改一下，再給我看一次。
咦，這張照片不是以前的產品嗎？

F ：咦，是那樣嗎？我是用部長交給我的照片……。
我緊急確認看看。

M ：不，照片的事情交給我。我讓福山先生確認。
對了、對了，會議室的麥克風和參加者的飲料準備好了嗎？

F ：那些的話，山本小姐已經幫我處理好了。

M ：那樣啊！

女人之後非做什麼不可呢？

1. 準備會議室的麥克風
2. 把企劃書給部長看
3. 確認產品的照片
4. 修改新產品的說明

答案：4

スーパーで店員と店長が話しています。店員はこのあとすぐ何をしなければなりませんか。

F：店長、すみません。お客さまに聞かれた商品が見つからないんですが。

M：どんな商品？

F：『スーパーホワイト』という歯みがき粉です。

M：歯みがき粉なら、2列目のCの棚にあるはずだけどな。

F：はい、探したんですが、見つかりませんでした。

M：それじゃ、売り切れちゃったのかもしれないな。
いちおう倉庫に行って確認してみてくれる？

F：わかりました。

M：あっ、そうだ、思い出した！
それ、今日の広告に掲載した商品じゃなかったっけ？

F：あっ、そうです。

M：それなら、入口の横に並べてあるはずだよ。

F：そうですか。

M：見つからないお客さまもいるだろうから、歯みがき粉のコーナーにも20個くらい置いておいてくれるかな。そのお客さまの対応は、ぼくがやっておくから。

F：わかりました。2列目のCの棚ですよね。

M：そう。よろしく。

店員はこのあとすぐ何をしなければなりませんか。

1. 『スーパーホワイト』を歯みがき粉のコーナーに置く
2. 『スーパーホワイト』を紹介する広告を作る
3. 『スーパーホワイト』がほしいお客様に20個渡す
4. 倉庫に行って『スーパーホワイト』の数を確認する

第4題

超級市場裡，店員和店員正在説話。店員之後非立刻做什麼不可呢？

F ：店長，對不起。我找不到客人問我的產品……。
M ：什麼樣的產品？
F ：叫做『超白』的牙膏。
M ：牙膏的話，應該在第二排的C架上吧！
F ：是的，我找過了，但是找不到。
M ：那樣的話，説不定是賣完了吧！
　　姑且先去倉庫，幫我確認看看呢？
F ：知道了。
M ：啊，對了，我想起來了！
　　那個，是不是今天廣告刊登出來的產品？
F ：啊，沒錯。
M ：那樣的話，應該是陳列在入口旁邊喔！
F ：那樣啊！
M ：應該還有其他客人也找不到，所以可以幫我在牙膏區放個二十條左右嗎？那
　　位客人，我來招呼。
F ：知道了。放在第二排的C架上是吧！
M ：沒錯。麻煩了。

店員之後非立刻做什麼不可呢？

1. 把『超白』放到牙膏區
2. 製作介紹『超白』的廣告
3. 拿二十條給想要『超白』的客人
4. 去倉庫確認『超白』的數量

答案：1

男の人と女の人が話しています。男の人はどうしますか。

F：猫、飼ったんだって？

M：うん、カナダ人の友人が帰国するからって、頼まれたんだ。
　　可愛いんだけど、夜になると鳴くんで困ってるんだ。

F：わかった！発情期じゃない？

M：動物病院に連れていって診てもらったんだけど、ちがうって。

F：じゃあ、愛情不足だよ。うちの猫もそうだったんだ。
　　仕事が忙しくて、2週間くらい夜遅く帰ってくる時期があったんだ
　　けど、その間、夜になるとすごく鳴いて大変だったの。

M：それだ！カナダ人の友人は家で仕事してたから。

F：体をなでてあげてる？

M：それはしてる。朝、会社に行く前に10分くらい。

F：抱っこは？ぎゅって抱きしめてあげるといいわよ。

M：それは嫌がって逃げちゃう。

F：そっか。あっ、マッサージは？

M：そういえば、したことないな。

F：それが原因かは分からないけど、まずはそれからやってみたら？

M：そうだね。さっそくやってみるよ。

男の人はどうしますか。

1. 抱っこしてあげる

2. マッサージしてあげる

3. 体をなでてあげる

4. 動物病院に連れていく

第5題

男人和女人正在説話。男人要怎麼做呢？

F：聽説你養貓了？

M：嗯，加拿大的朋友説要回國，所以拜託我了。

　　可愛是可愛，但是一到晚上就叫，傷腦筋啊！

F：我知道了！是不是發情期？

M：我帶去動物醫院看醫生了，説不是。

F：那麼，就是得到的愛不夠囉！我家的貓之前也是那樣。

　　因為工作忙，有二個星期左右很晚才回家的時期，那段時間，一到晚上就叫

　　得很厲害，好慘啊！

M：一定是那樣！因為我加拿大的朋友都是在家工作。

F：有撫摸牠的身體嗎？

M：那倒是有。早上，去公司前，十分鐘左右。

F：抱抱呢？緊緊地抱住牠很好喔！

M：牠不喜歡那樣，會逃走。

F：那樣啊！啊，按摩呢？

M：説到那個，還真沒做過呢！

F：雖然不知道是不是那個原因，但是先從那個開始試試看呢？

M：説的也是啊！我立刻就來試試看喔！

男人要怎麼做呢？

1. 抱抱貓

2. 幫貓按摩

3. 撫摸貓的身體

4. 帶貓去動物醫院

答案：2

教室で先生と女の子が話しています。女の子は今夜、どうしますか。

F：鈴木先生、来週の作文発表会のことで、相談があるんですが……。

M：よく書けてたじゃないか。

F：でも、ぜんぜん暗記できないんです。昨日、家で練習してみたんですけど、緊張して読めなくて……。

M：でも、来週までまだ時間があるから、毎日何回も読んで練習すればだいじょうぶだよ。自分の声を録音してみるのもいいぞ。

F：昨日、お母さんが録音してくれました。でも、ぜんぜんダメでした。すごく怖くて……。

M：怖いのはお前だけじゃないぞ。みんな怖いんだ。だから、何回も何回も練習する。会場の様子を想像しながら、読んでみたらどうだ？

F：もっと緊張してダメです。先生、どうしよう。

M：それじゃ、ケイタイで動画を撮ってみたらどうかな。自分が読んでる姿を客観的に見てみるのもいいかもしれない。すばらしい作文なんだから、みんなに聞いてもらわなくちゃ。自信をもって！

F：わかりました。今夜、早速やってみます。

女の子は今夜、どうしますか。

1. 読んでいる姿を動画撮影する
2. 声を録音しながら読む
3. 会場を想像しながら読む
4. 作文を簡単に書きなおす

第6題

教室裡，老師和女孩正在説話。女孩今天晚上，要怎麼做呢？

F ：鈴木老師，下個星期作文發表會的事情，我想請教老師……。

M ：妳不是寫得很好嗎？

F ：不過，完全背不起來。昨天，在家裡試著練習看看，可是緊張到唸不出來……。

M ：不過，到下個星期為止還有時間，所以只要每天多唸個幾次，沒問題的喔！把自己的聲音錄下來試試看也不錯喔！

F ：昨天，媽媽幫我錄音了。不過，完全不行。我非常害怕……。

M ：會害怕的不是只有妳喔！大家都很害怕。所以，才要一次又一次的練習。一邊想像會場的樣子，一邊試著唸看看，如何呢？

F ：會更緊張，不行！老師，怎麼辦？

M ：那樣的話，用手機試著錄影看看，如何呢？説不定客觀地看自己唸的樣子也不錯呢！這麼好的作文，不讓大家聽聽怎麼可以呢！拿出自信！

F ：知道了。今天晚上，立刻就來試試看。

女孩今天晚上，要怎麼做呢？

1. 把唸的樣子錄影下來
2. 一邊錄音一邊唸
3. 一邊想像會場的樣子一邊唸
4. 把作文改寫成簡單的

答案：1

問題2

問題2では、まず質問を聞いてください。そのあと、問題用紙のせんたくしを読んでください。読む時間があります。それから話を聞いて、問題用紙の1から4の中から、最もよいものを一つえらんでください。

問題2，請先聽提問。之後，再閱讀試題紙的選項。有閱讀的時間。接下來請聽會話，從試題紙的1到4裡面，選出一個最適當的答案。

1番 MP3 00

教室で男の学生と女の学生が話しています。男の学生は先生がどうして休みだと言っていますか。

F：先生、どうしたのかな。授業の時間、もう始まってるのに。

M：来ないと思うな。

F：どうして？

M：先生の子供が救急車で運ばれたから。

F：えっ！そういえば、近所に住んでるんだよね。

M：うん。今朝6時半ごろ、息子さんが救急車で運ばれたんだ。

F：病気かな。

M：いや、やけどだって。でも、それほどひどくなくて、もう家に戻ったらしいけど。

F：よく知ってるね。

M：うちの母親が心配して、先生の奥さんに電話して聞いたんだ。

F：そうだったの。ひどいやけどじゃなくてよかったね。
　　でも、もう平気なら先生、学校に来るんじゃない？

M：それがさ、先生の奥さん、持病の腰痛が悪化して、動けなくなっちゃったらしいんだよね。子供を抱えようとしたのが原因みたい。

F：それじゃ、先生は奥さんと子供の世話しなきゃならないね。

M：うん。だから、今日はきっと休講だよ。

男の学生は先生がどうして休みだと言っていますか。

1. 息子がひどいやけどで入院したから
2. 妻が持病の悪化で救急車で運ばれたから
3. 妻と息子の世話をしなければならないから
4. 先生の腰痛が悪化して動けないから

第1題

教室裡，男學生和女學生正在說話。男學生說，老師為什麼請假呢？

F：老師，怎麼了嗎？上課時間，都已經開始了呢……。

M：我覺得老師不會來了。

F：為什麼？

M：因為老師的小孩被救護車載走了。

F：咦！對耶，你就住在老師家附近耶。

M：嗯。今天早上六點半左右，老師的小孩被救護車載走了。

F：是生病嗎？

M：不，聽說是燙傷。但是，沒有那麼嚴重，好像已經回家了。

F：你還真清楚耶。

M：因為我媽媽很擔心，打電話問老師的太太了。

F：原來如此啊！不是很嚴重的燙傷，真是太好了。
　　但是，已經沒事的話，老師不是會到學校嗎？

M：那個啊，好像是老師太太腰痛的老毛病惡化，變得沒辦法動的樣子。好像是因為想抱小孩才會那樣。

F ：那樣的話，老師非照顧太太和小孩不可呢！

M ：嗯。所以，才説今天一定會停課啊！

男學生説，老師為什麼請假呢？

1. 因為小孩嚴重燙傷住院了
2. 因為妻子老毛病惡化，被救護車載走了
3. 因為非照顧妻子和兒子不可
4. 因為老師的腰痛惡化沒辦法動

答案：3

会社で男の人と女の人が話しています。女の人はどうして元気がありま
せんか。

M：横山さん、結婚するんだって？おめでとう。

F：あっ、えっと……。

M：ん？どうかした？

F：じつは彼の海外勤務が決まって、結婚式の後、アメリカに移住する
　　ことになったんです。

M：アメリカか。遠いね。でも、横山さん、英語がペラペラだから、ア
　　メリカでも活躍できるよ。心配ないって。

F：いえ、アメリカには行きません。

M：どうして？結婚してすぐ別居ってこと？

F：いえ、わたし、今の仕事が楽しいから会社は辞めたくないんです。
　　それで、そう言ったら、けんかになっちゃって。いろいろ話し合っ
　　たんですけど、分かってもらえなくて……最終的に、結婚しないこ
　　とになりました。

M：そうだったんだ。ごめんね、知らなかったから。

F：いえ、いいんです。元気がないのはそのせいじゃありませんから。

M：じゃあ、どうしたの？

F：最近、ミスが多かったせいで今のプロジェクトから外されちゃっ
　　て……。

M：そっか。しょうがないよ。またがんばろう。元気出して！

F：はい。ありがとうございます。

女の人はどうして元気がありませんか。

1. 結婚で仕事を辞めることになったから
2. 彼氏がアメリカに移住してしまうから
3. 結婚がだめになったから
4. プロジェクトから外されたから

第2題

公司裡，男人和女人正在説話。女人為什麼無精打采呢？

M：橫山小姐，聽說妳要結婚了？恭喜！

F：啊，那個……。

M：咦？發生什麼事了嗎？

F：其實是他工作要派到國外，所以結婚以後，變成要搬到美國住。

M：美國啊？好遠哪！但是，橫山小姐英文很流利，就算在美國，也可以很活躍
呢！不用擔心。

F：不，我不去美國。

M：為什麼？妳是説，結婚以後要立刻分居嗎？

F：不，我，因為現在的工作很開心，所以不想辭職。然後，就那樣跟他説，結
果就吵架了。雖然一直溝通，但他還是不能體諒……最後，就是決定不結婚
了。

M：原來如此啊！真抱歉，我之前不知道。

F：不會，沒關係。之所以無精打采，不是因為那件事。

M：那麼，怎麼了嗎？

F：最近，因為出了很多錯，所以被踢出現在的專案了……。

M：那樣啊！那也沒辦法啊！再加油吧！打起精神！

F：好的。謝謝您。

女人為什麼無精打采呢？

1. 因為要結婚所以決定辭掉工作

2. 因為男方要搬到美國

3. 因為婚事不成了

4. 因為被踢出專案

答案：4

❸番 MP3 **70**

テレビで女の人が少子化について意見を述べています。女の人は政府は何を最優先すべきだと言っていますか。

F：日本の少子化の原因は、未婚率の上昇や子育てに関する費用の増加、仕事と子育ての両立の難しさなどさまざまです。政府はそうした少子化の原因に対して、仕事と子育ての両立にかかる負担や子育ての負担を減らし、安心して子育てができる環境を積極的に整えるべきです。わたしの友人たちも「子供はほしいけれど、経済的に働かないわけにはいかない」とか、「産休をとって休んだら、今の会社にはもう席がない」とか、「会社には育児支援制度が整っていない」といった理由で、子供をあきらめる人がたくさんいます。問題は山のようにありますが、まずは、地域社会が子育て家庭を支援するシステム作りを政府に強く望みたいと思います。もちろん、企業の育児支援も大切ですが、それはその後です。

女の人は政府は何を最優先すべきだと言っていますか。
1. 企業の育児支援を法律で義務化すること
2. 女性だけでなく男性の産休期間も認めること
3. 地域による子育て支援システムを作ること
4. 子育てにかかる費用を政府が負担すること

第3題

電視裡，女人正就少子化陳述意見。女人說，政府應該以什麼為最優先呢？

F ：日本之所以少子化，有不婚率的增加、或是育兒相關費用增加、工作與育兒二者難以兼顧等等各式各樣的原因。政府面對那樣的少子化原因，應該積極地減輕工作和育兒二者兼顧帶來的負擔、或是育兒的負擔，然後備齊可以安心育兒的環境。我有很多朋友，也都是因為「雖然很想要小孩，但是在經濟上非工作不可」、或是「如果休產假，現在工作的位子就沒了」、或是「我們的社會，育兒支援制度根本沒備齊」這樣的理由，而放棄生小孩。雖然問題非常的多，但是首先，我強烈希望政府可以打造社區支援育兒家庭的系統。當然，企業的育兒支援也很重要，但是，那是在那之後。

女人說，政府應該以什麼為最優先呢？
1. 用法律將企業的育兒支援義務化
2. 不只是女性，也同意男性的產假
3. 打造社區育兒支援系統
4. 育兒所需費用由政府負擔

答案：3

男の子と女の子が話しています。女の子は友だちの田村さんがどうして
怒ったと言っていますか。

F：どうしよう。田村さんのこと、怒らせちゃったみたい。

M：何があったの？

F：田村さんに漫画を借りてたんだけど、今日、返すって約束してたの
　に、返せなくて。

M：それで、田村さん怒ったの？いつも優しい田村さんらしくないね。

F：いや、それで怒ったっていうより、返せない理由に怒ったんだ。

M：もしかして、漫画をなくしちゃったとか？

F：まさか！なくすわけないじゃん。

M：じゃあ、漫画を汚しちゃったとか。

F：ちがうよ。

M：田村さん、あの漫画、すごく大事にしてたんだ。
　先月、亡くなったおじいちゃんが誕生日に買ってくれたって言って
　た。

F：そうなんだ。

M：大事だから、仲良しの友だちにしか貸さないとも言ってた。
　だから、吉田たちが借してもらおうとしたら、断られたんだから。

F：そっか、知らなかった。どうしよう。
　そんな大事な漫画を、うちのお姉ちゃんに貸しちゃったの。
　そしたら、お姉ちゃんが自分の彼氏に貸しちゃって……。

M：そりゃ、怒るわけだ。
　とにかく、漫画を早く返してもらって、田村さんには許してもらえ
　るまで謝るしかないよ。

F：うん、そうする。

女の子は友だちの田村さんがどうして怒ったと言っていますか。
1. 勝手に別の人に貸してしまったから
2. 大切な漫画を汚してしまったから
3. 漫画をなくしてしまったから
4. 吉田くんに貸してしまったから

第4題

男孩和女孩正在說話。女孩說，朋友田村同學為什麼生氣了呢？

F ：怎麼辦！我好像惹田村同學生氣了。

M ：有什麼事嗎？

F ：我跟田村同學借了漫畫，約好今天要還的，但是沒有還。

M ：所以，田村同學生氣了？不像平常好脾氣的田村同學呢！

F ：不，與其說是因為那件事情而生氣，不如說是因為不能還的理由而生氣。

M ：難不成，是漫畫搞丟了？

F ：怎麼可能！不可能搞丟啦！

M ：那麼，是把漫畫弄髒了嗎？

F ：不是啦！

M ：田村同學把那漫畫看得非常重要。

　　　她說，那是她上個月離世的爺爺買送給她的生日禮物。

F ：原來如此啊！

M ：還說因為很重要，所以只借給要好的朋友。

　　　所以，吉田他們跟她借時，還被她拒絕了呢！

F ：那樣啊，我先前都不知道。怎麼辦。

　　　我把那麼重要的漫畫，借給我姊姊了！

　　　然後，我姊姊又借給自己的男朋友……。

M ：那樣的話，怪不得她生氣了。

　　總之，只能早點歸還漫畫，然後道歉到她能夠原諒為止啊！

F ：嗯，就那麼做。

女孩說，朋友田村同學為什麼生氣了呢？

1.　因為任意把漫畫借給了別人

2.　因為把重要的漫畫不小心弄髒了

3.　因為把漫畫不小心搞丟了

4.　因為任意借給了吉田同學

答案：1

❺番 MP3 **72**

男の人と女の人が話しています。男の人は絵を描くことの一番の魅力は何だと言っていますか。

F：これはヨーロッパの風景ですか。

M：はい、ドイツの田舎の風景です。

F：いつも風景画を描くんですか。

M：いえ、人物や動物、それから果物や料理なども描きますよ。そして、それをSNSでシェアしたりしています。同じ趣味をもった仲間と意見を交換し合ったりして、すごく楽しいです。

F：いい刺激にもなるでしょうね。

M：ええ。最近は、そうして仲良くなった人たちと山登りをして、頂上で絵を描いたりもしてるんですよ。今までは家の中にずっといる生活だったんですけど、今はよく外に出るようになって、かなり健康になった気がします。

F：いいですね。

M：明日は電車で3時間くらい行った山に登ることになっています。今は桜の季節なので、そこで花見をしながらお弁当を食べたり、絵を描いたりする予定です。

F：わあ、楽しそう！

M：はい。昔は人とコミュニケーションするのが苦手だったんです。でも、今は絵画のおかげで、人といっしょにいることが楽しくなりました。それが、絵を描くことの一番の楽しみです。

F：この絵を見れば分かります。楽しく描いているんだろうなって。

M：うれしいです。最近は作品のできあがり以上に、楽しく描くことを重視しているんです。

F：また見せてくださいね。

男の人は絵を描くことの一番の魅力は何だと言っていますか。
1. SNSで同じ趣味をもった人たちと意見交換できること
2. 同じ趣味をもった人たちから刺激がもらえること
3. 外で絵を描くようになり、健康になったこと
4. 人といっしょにいることが楽しくなったこと

第5題

男人和女人正在説話。男人説，畫畫最大的魅力是什麼呢？

F：這是歐洲的風景嗎？

M：是的，是德國鄉下的風景。

F：平常都是畫風景畫嗎？

M：不，也會畫人物或是動物，還有水果或料理等等喔！然後，我會把作品分享到社群網路。和有共同興趣的夥伴交換意見，非常快樂。

F：也會成為好的刺激吧！

M：是的。最近，會和因為那樣而變成好朋友的人一起爬山，然後還在山頂上畫畫喔！以前過著一直在家的生活，現在變得常出門，感覺變得更健康了呢！

F：真好啊！

M：明天約好要去爬搭電車要三小時左右的山。由於現在是櫻花的季節，所以打算在那邊一邊賞花一邊吃便當，還有畫畫。

F：哇啊，好像很好玩！

M：是的。我以前很怕和人交際。但是，現在託繪畫的福，變得可以開心地和人在一起。那個，就是畫畫最大的樂趣。

F：看這幅畫就知道。一定是很開心地畫出來的。

M ：真的很開心。最近比起完成作品，更在乎能不能開心地畫畫。

F ：請一定還要給我看喔！

男人說，畫畫最大的魅力是什麼呢？

1. 可以在社群網路和有相同興趣的人們交換意見
2. 可以從有相同興趣的人那邊得到刺激
3. 可以在外面畫畫，變得健康
4. 變得可以開心地和人一起相處

答案：4

男の学生と女の学生が話しています。女の学生はどうして先輩に笑われたと言っていますか。

F：もういや！

M：どうしたの？

F：大好きな田口先輩に笑われちゃったの。

M：もしかして、また値札がついたままの服を着てきちゃったとか。
　　（笑）

F：それはもうしないって！

M：眉毛を描くのを忘れて学校に来ちゃったとか？

F：ちょっと！それも、もうしない！
　　人の傷口に塩を塗るの、やめてくれない？

M：はいはい。じゃあ、今回は何したの？

F：じつは昨日ね、友だちとカラオケに行ったの。それで、そのとき
　　撮った動画をLINEで妹に送ったつもりだったんだけど、なんと
　　先輩に送っちゃってたの。

M：えっ！やばいよ。

F：やばいどころじゃないよ。
　　先輩に言われるまで、まちがって送ったことに気づかなかった。

M：でも、ただ歌ってる動画でよかったじゃん。俺なんか、酔っぱらっ
　　て泣いてる写真を遠藤に撮られて、憧れの由美ちゃんに見られちゃっ
　　たんだぜ。

F：そうなの？じゃあ、わたしが男装して歌ってる動画なんて、たいし

たことないか。

M：男装？そりゃ、やばいね。

女の学生はどうして先輩に笑われたと言っていますか。
1. 眉毛を描かないで学校に来てしまったから
2. 値札がついたままの服を着て登校したから
3. 男装して歌っている動画を送ってしまったから
4. 酔って泣いている写真を送ってしまったから

第6題

男學生和女學生正在説話。女學生説，為什麼被學長笑了呢？

F ：好煩喔！

M：怎麼了嗎？

F ：我被最喜歡的田口學長笑了。

M：難不成，又是穿著價錢標籤還在上面的衣服嗎？（笑）

F ：那個我不會再做了！

M：還是忘了畫眉毛就來學校呢？

F ：喂！那個，我也不會再做了！

　　你能不能停止在別人的傷口上撒鹽？

M：好啦、好啦。那麼，這次是怎麼了嗎？

F ：其實是昨天呢，我和朋友去卡拉OK了。然後，那時候的錄影，本來是要用
　　LINE傳給我妹妹的，但是不小心傳到學長那裡去了。

M：咦！慘了！

F ：豈止是慘啊！

　　一直到被學長問，我都沒有發現傳錯了。

M ：但是，只是唱歌的錄影應該還好吧！像我，被遠藤拍了喝醉在哭的照片，還讓我心儀的由美看到了。

F ：真的嗎？那麼，我穿男裝唱歌的錄影，其實不算什麼囉？

M ：男裝？那樣的話，可就慘了啊！。

女學生說，為什麼被學長笑了呢？

1. 因為沒畫眉毛就來學校
2. 因為穿著價錢標籤還在上面的衣服來學校
3. 因為傳了穿男裝唱歌的錄影
4. 因為傳了喝醉在哭的照片

答案：3

ラジオで会社の採用担当者が話しています。面接で一番言ってはいけない志望理由は何だと言っていますか。

F：それでは、次に面接でぜったい言ってはいけない志望理由についてお話ししたいと思います。これは、ほとんどの会社の面接で必ず聞かれる質問です。なかなか面接にパスできないという悩みを持っている人は、もしかしたらこの志望理由に問題があるかもしれませんから、よく聞いてください。よくあるのは「人の役に立つ仕事がしたい」とか「営業の仕事で成功したい」などのあいまいな答えです。なぜこの会社じゃなくてはだめなのかという熱い思いがぜんぜん伝わってきません。そして、それ以上にぜったいダメなのが、「残業が少なそうだから」とか「給料がいいから」とかいう答えです。現代社会では、何でもストレートに言うのがいいという風潮がありますが、会社はまだまだ保守的です。気をつけてください。

面接で一番言ってはいけない志望理由は何だと言っていますか。

1. 休みがたくさんあるから
2. 人の役にたつ仕事がしたいから
3. 残業が少なそうだから
4. 営業の仕事で成功したいから

第7題

收音機裡，公司錄用新人的負責人正在説話。她説，面試裡，最不可以説的應徵
理由是什麼呢？

F　：那麼，接下來，我想針對在面試裡絕對不可以説的應徵理由，來跟大家聊
　　聊。這個呢，是幾乎所有公司的面試裡，一定會被問到的問題。那些有面試
　　老是過不了關這樣困擾的人，説不定就是這個應徵理由出了問題，所以請聽
　　清楚。我們常常會聽到的有「希望從事對人有幫助的工作」或是「希望能做
　　好業務的工作」等等曖昧的回答。這些回答，完全無法傳達為什麼非進這間
　　公司不可的熱情。還有，比起那些更絕對不行的，是「因為好像不太需要加
　　班」或是「因為薪水好」這樣的回答。儘管現在的社會，有「什麼都有話直
　　説最好」這樣的風潮，但是公司還是處於保守的狀態。所以要特別小心。

她説，面試裡，最不可以説的應徵理由是什麼呢？

1.　因為有很多休假
2.　因為想從事對人有幫助的工作
3.　因為好像不太需要加班
4.　因為想要業務做得很好

答案：3

問題3では、問題用紙に何も印刷されていません。この問題は、全体としてどんな内容かを聞く問題です。話の前に質問はありません。まず話を聞いてください。それから、質問とせんたくしを聞いて、1から4の中から、最もよいものを一つ選んでください。

問題3，試題紙上沒有印任何的字。這個問題，是聽出整體是怎樣內容的問題。會話之前沒有任何提問。請先聽會話。接著，請聽提問和選項，然後從1到4裡面，選出一個最適當的答案。

❶番 MP3 75

ラジオで女の人が話しています。

F：桜の季節になりましたね。みなさんはもう花見に出かけましたか。わたしは昨日、同僚と花見を楽しんできました。桜の木の下でお酒を飲みながらお弁当を食べたり、おしゃべりしたりして、とても楽しかったです。ところで、花見はいつごろから始まったかご存知ですか。日本人にとって花といえば桜ですが、そうなったのは平安時代だといわれています。しかし、その頃はまだ花見の風習はありませんでした。それ以前の奈良時代は中国文化の影響が強く、花といえば中国産の梅だったそうです。桜の花見が娯楽として一般の人に定着したのは江戸時代以降のことです。江戸時代に始まり、今も続いている花見、これからもずっとずっと続くことでしょうね。

おんな ひと
女の人はどのようなテーマで話をしていますか。

1. 平安時代の花見の楽しみ方
2. 桜と梅と中国の関係性
3. 桜を上手に育てる方法
4. 江戸時代に花見が庶民に広まった

第1題

收音機裡，女人正在説話。

F ：櫻花的季節又到了呢！大家都已經出門賞櫻了嗎？我昨天和同事開心地賞櫻
了。在櫻花樹下一邊喝酒一邊吃便當，然後聊聊天，非常開心。但是，大家
知道賞櫻大約是從什麼時候開始的嗎？對日本人而言，説到花，就是櫻花
了，但是據説會變成那樣，是從平安時代開始的。只不過，那個時候還沒有
賞花的習慣。在那之前的奈良時代，據説由於受到中國文化的影響很深，所
以提到花，就是中國產的梅花。賞櫻被一般人定調成娛樂，是江戶時代以後
的事情了。從江戶時代開始，時至今日仍延續的賞櫻，相信將來也會一直一
直延續下去吧！

女人正就什麼樣的主題在説話呢？

1. 平安時代開心賞櫻的方法
2. 櫻花與梅花與中國的關聯性
3. 高明地培育櫻花的方法
4. 從江戶時代開始，賞櫻普及於庶民

答案：4

おんな ひと おとこ ひと りょうり かんそう き
女の人が男の人に料理の感想を聞いています。

F：昨日、社長さんとフランス料理を食べに行ったんでしょう。どう

だった？

M：うん、すごく豪華な店だった。キャビアとかフォアグラとかも食べ

たよ。社長のおごりだったからいいけど、自分じゃ払えないような

超高級料理ばかりでさ。きれいな料理がどんどん出てくるんだけ

ど、緊張しちゃって味なんてぜんぜん分からなかった。それに、仕

事の話をしながらだから、料理を楽しむどころじゃなかったよ。

おとこ ひと りょうり おも
男の人は料理についてどう思っていますか。

1. 料理はおいしいが、値段が高すぎる。

2. 料理は美しいが、味はそれほどでもない。

3. 料理は豪華だが、食材が新鮮ではない。

4. 料理はきれいだが、味はよく分からない。

第2題

女人正在問男人對料理的感想。

F ：昨天，和社長一起去吃法國料理了吧！如何呢？

M ：嗯，非常豪華的店。也吃了魚子醬和鵝肝醬了喔！雖然是社長請客所以沒關
係，但盡是自己付不起的超高級料理。漂亮的料理一道又一道地端出來，但
因為緊張搞得食不知味。而且，因為一邊談公事，所以哪能享受料理啊！

男人就料理，覺得如何呢？

1. 料理雖然好吃，但是價格太貴。

2. 料理雖然很美，但是味道還好。

3. 料裡雖然豪華，但是食材不新鮮。

4. 料理雖然很美，但是食不知味。

答案：4

高校で先生がある地域について話しています。

F：わたしたちのこの地域は、今、転換期を迎えています。先月、新しい市長が誕生してから、観光スポットとして大人気となりました。外国からの観光客も増えているそうです。汚かった川もきれいになり、舟に乗って観光もできるようになりました。また、この地域には新鮮な魚やおいしい果物もたくさんあり、喜ばれています。ただ、それだけでは観光地として発展し続けるのは難しいでしょうね。定期的にイベントを開催して若者を呼び込んだり、この地域らしい斬新なお土産も開発していく必要があります。一時的な人気で終わらせないためにも、いろいろ計画を立てなければなりませんね。

先生は何について話していますか。

1. これからの資源開発
2. 最近の若者の変化
3. 環境改善の必要性
4. 今後の地域観光政策

第3題

高中裡，老師正就某個地區在説話。

F ：我們這個地區，現在，正迎接轉換期。自從上個月，新的市長誕生以後，成
為觀光重點，受到熱烈的歡迎。據説外國來的觀光客也增加了。由於骯髒的
河川變乾淨了，還有了乘船觀光的產業。此外，由於這個地區有許多新鮮的
魚類與美味的水果，所以深受喜愛。只不過，光只是那樣，就觀光景點來
説，要持續發展還是有困難吧！有必要定期舉辦活動吸引年輕人，還有必須
開發代表這個地區的新伴手禮。為了不讓人氣曇花一現，必須訂定各式各樣
的計劃吧！

老師正就什麼説著話呢？
1. 接下來的資源開發
2. 最近年輕人的變化
3. 環境改善的必要性
4. 今後的地區觀光政策

答案：4

男の人が女の人に小説の感想を聞いています。

M：この間話してた小説、読み終わったんでしょ？どうだった？

F：うん、想像以上におもしろかった。さすが来年映画化されるだけあって、ストーリー展開がうまいなって思った。主人公の気持ちになっていっしょにドキドキしながら、あっという間に読んじゃった。でも、最後がハッピーエンドじゃなかったのはちょっと悲しいっていうか、残念。主人公の女性に銀行のトップにまでなってほしかったんだけどね。

女の人は小説についてどう思っていますか。

1. ストーリーはうまいが、映画化するほどではない
2. ストーリーはおもしろいが、最後については不満
3. ストーリー展開が早すぎて、ついていけなかった
4. ストーリーがよくないし、主人公も魅力を感じない

第4題

男人正在問女人對小説的感想。

M ：之前説的小説，看完了吧？如何呢？

F ：嗯，比想像的還有趣。果然是明年要改拍成電影的小説，我覺得故事的發展非常高明。跟著主角的心情一起緊張不已，一下子就看完了。但是，可能最後的結局不好，覺得有點難過還是怎樣，很遺憾。還是希望女主角可以爬到銀行的最高啊！

女人就小説而言，覺得如何呢？

1. 故事很好，但還不到可以拍成電影的程度
2. 故事很有趣，但對結局感到不滿意
3. 故事發展得太快，追不上
4. 故事既不好，也感覺不到主角的魅力

答案：2

テレビで料理研究家が納豆の作り方について話しています。

F：日本人の朝食に欠かせない納豆ですが、簡単に作れるって知ってましたか。これはスペインに住んでいる日本の友人に教わった方法なんですが、海外では納豆がとても高いので、みなさん自分で作るそうなんですよ。では、やってみましょう。ここに水に一晩つけておいた大豆があります。これを鍋に入れてやわらかくなるまで茹でたら、水気を切ります。そのあと、炊飯器で保温するんですが、このときにスーパーで売られている納豆を入れて混ぜます。こうやってしっかり混ぜます。保温スイッチを押して1時間くらいしたら、清潔な容器に入れ換えて、冷蔵庫で一晩保存します。これで完成です。どうですか。簡単でしょう。

料理研究家の話のテーマは何ですか。

1. おいしい納豆の選び方
2. 納豆の簡単な作り方
3. 納豆の栄養価値
4. 納豆の保存方法

第5題

電視裡，料理研究家正就納豆的作法說著話。

F ：大家可知道，日本人早餐不可或缺的納豆，簡簡單單就可以做出來嗎？這是我住在西班牙的日本朋友教我的方法，因為在國外，納豆非常貴，所以據說大家都是自己做喔！那麼，我們來做做看吧！這裡有泡過一個晚上的水的黃豆。把這些放到鍋子裡煮到軟，然後把水瀝乾。之後，要用電鍋保溫，並在此時放進在超級市場買的納豆加以混合。就像這樣確實地混合。按下保溫開關，經過一小時左右，再把它改裝到乾淨的容器裡，放到冰箱冷藏一個晚上。這樣就完成了。如何呢？很簡單吧！

料理研究家說話的主題為何呢？

1. 好吃的納豆的選法
2. 簡單製作納豆的方法
3. 納豆的營養價值
4. 納豆的保存方法

答案：2

<ruby>会議<rt>かいぎ</rt></ruby>で<ruby>女<rt>おんな</rt></ruby>の<ruby>人<rt>ひと</rt></ruby>が<ruby>男<rt>おとこ</rt></ruby>の<ruby>人<rt>ひと</rt></ruby>に<ruby>意見<rt>いけん</rt></ruby>を<ruby>聞<rt>き</rt></ruby>いています。

F：<ruby>商品<rt>しょうひん</rt></ruby>の<ruby>価格<rt>かかく</rt></ruby>の<ruby>値上<rt>ねあ</rt></ruby>げについて、<ruby>青山<rt>あおやま</rt></ruby>くんの<ruby>考<rt>かんが</rt></ruby>えを<ruby>聞<rt>き</rt></ruby>かせてください。

M：はい。わたしは<ruby>反対<rt>はんたい</rt></ruby>です。この<ruby>商品<rt>しょうひん</rt></ruby>を<ruby>購入<rt>こうにゅう</rt></ruby>してくださる<ruby>消費者<rt>しょうひしゃ</rt></ruby>のほとんどは<ruby>若者<rt>わかもの</rt></ruby>です。<ruby>今<rt>いま</rt></ruby>でさえ<ruby>高<rt>たか</rt></ruby>いという<ruby>声<rt>こえ</rt></ruby>が<ruby>聞<rt>き</rt></ruby>かれるのに、これ<ruby>以上<rt>いじょう</rt></ruby><ruby>高<rt>たか</rt></ruby>くなれば、<ruby>彼<rt>かれ</rt></ruby>らの<ruby>小遣<rt>こづか</rt></ruby>いでは<ruby>買<rt>か</rt></ruby>えなくなります。もっと<ruby>安<rt>やす</rt></ruby>い<ruby>材料<rt>ざいりょう</rt></ruby>を<ruby>探<rt>さが</rt></ruby>してコストを<ruby>抑<rt>おさ</rt></ruby>えるとか、<ruby>中身<rt>なかみ</rt></ruby>の<ruby>量<rt>りょう</rt></ruby>を<ruby>少<rt>すこ</rt></ruby>し<ruby>減<rt>へ</rt></ruby>らすなどして、<ruby>今<rt>いま</rt></ruby>の<ruby>値段<rt>ねだん</rt></ruby>をキープするべきです。<ruby>若者<rt>わかもの</rt></ruby>は<ruby>気<rt>き</rt></ruby>に<ruby>入<rt>い</rt></ruby>ればSNSなどで<ruby>拡散<rt>かくさん</rt></ruby>してくれ、<ruby>自然<rt>しぜん</rt></ruby>と<ruby>売上<rt>うりあげ</rt></ruby>がアップします。ネット<ruby>社会<rt>しゃかい</rt></ruby>の<ruby>現在<rt>げんざい</rt></ruby>、<ruby>彼<rt>かれ</rt></ruby>らの<ruby>声<rt>こえ</rt></ruby>にこそ<ruby>耳<rt>みみ</rt></ruby>を<ruby>傾<rt>かたむ</rt></ruby>けるべきだと<ruby>思<rt>おも</rt></ruby>います。

<ruby>男<rt>おとこ</rt></ruby>の<ruby>人<rt>ひと</rt></ruby>はどう<ruby>考<rt>かんが</rt></ruby>えていますか。

1. <ruby>価格<rt>かかく</rt></ruby>についてアンケート<ruby>調査<rt>ちょうさ</rt></ruby>することを<ruby>提案<rt>ていあん</rt></ruby>
2. <ruby>値上<rt>ねあ</rt></ruby>げに<ruby>賛成<rt>さんせい</rt></ruby>なうえ、<ruby>海外進出<rt>かいがいしんしゅつ</rt></ruby>をも<ruby>提案<rt>ていあん</rt></ruby>
3. <ruby>値上<rt>ねあ</rt></ruby>げには<ruby>反対<rt>はんたい</rt></ruby>だが、<ruby>半年後<rt>はんとしご</rt></ruby>また<ruby>検討<rt>けんとう</rt></ruby>することを<ruby>提案<rt>ていあん</rt></ruby>
4. <ruby>値上<rt>ねあ</rt></ruby>げには<ruby>反対<rt>はんたい</rt></ruby>で、<ruby>内容量<rt>ないようりょう</rt></ruby>を<ruby>減<rt>へ</rt></ruby>らすなどの<ruby>方法<rt>ほうほう</rt></ruby>を<ruby>提案<rt>ていあん</rt></ruby>

第6題
會議裡，女人正詢問男人的意見。

F　：有關產品價格的調漲，我想聽聽青山先生的意見。
M　：是的。我反對。會購買這個產品的消費者幾乎都是年輕人。就連現在，都
　　　有太貴這樣的聲浪，如果比現在更貴的話，以他們的零用錢，根本沒有辦
　　　法買。我認為應該要找更便宜的材料來抑制成本，或是讓裡面的分量減少，
　　　以維持現在的價格。如果年輕人喜歡的話，在社群網路等地方一宣揚，自然
　　　而然銷售成績就會提升。我認為在網路社會的現在，還是應該傾聽他們的聲
　　　音。

男人如何考量呢？
1.有關價格，提議做問卷調查
2.不但贊成調漲，還提議輸出到國外
3.雖然反對調漲，但是提議半年後再檢討
4.反對調漲，且提議可以減少內部容量等方法

答案：4

> もんだい　　　　　　もんだいようし　　なに　いんさつ　　　　　　　　　　　　　　ぶん　き
> 問題4では、問題用紙に何も印刷されていません。まず文を聞い
> てください。それから、それに対する返事を聞いて、1から3の中か
> ら、最もよいものを一つ選んでください。

問題4，試題紙上沒有印任何字。首先請先聽句子。接著，請聽它的回答，然後從1到3裡面，選出一個最適當的答案。

1番 MP3 81

F：忙しいのに手伝ってくれて、ほんとうにありがとう。

M：1. いえ、そんなはずはないですよ。

　　2. いえ、いつでもおっしゃってください。

　　3. いえ、また忙しくなるんですか。

第1題

F ：你這麼忙還來幫我，真的很感謝。

M ：1. 不會，不可能有那回事啦！

　　2. 不會，請隨時跟我説。

　　3. 不會，還會變忙嗎？

答案：2

❷番 MP3 **82**

M：あの先生の授業、全部スペイン語だからぜんぜん分からないよ。

F：1. さすがだよね。すごく分かりやすかったね。

　　2. ほんとうね。わたしもさっぱり分からなかった。

　　3. そうだね。聞いてるとますます分かるようになるよ。

第2題

M：那位老師的課，全部都用西班牙語，所以完全不懂啊！

F：1. 真不愧是老師啊！非常易懂呢！

　　2. 真的耶！我也完全不懂。

　　3. 是啊！越聽就越懂喔！

答案：2

❸番 MP3 **83**

M：すみません、隣の空いている席に座ってもいいですか。

F：1. ああ、どうぞ。気がつかなくてすみませんでした。

　　2. いやあ、もうやめてください。困りました。

　　3. こちらこそ、お会いできてよかったです。

第3題

M：請問，我可以坐在您旁邊的空位嗎？

F：1. 啊，請。我沒注意到，對不起。

　　2. 不要，請停止。我很困擾。

　　3. 我才是，能見到您太好了。

答案：1

④番 MP3 84

M：ああ、やっと日本語能力試験が終わった。

F：1. おつかれさま。今日はゆっくり休んでね。

　　2. だいじょうぶ。これからもっとがんばろう。

　　3. おだいじに。試験ができてよかったね。

M ：啊～，日本語能力測驗終於結束了。

F ：1. 辛苦了。今天好好休息喔！

　　2. 沒問題。之後更努力吧！

　　3. 請多保重。考得不錯太好了呢。

答案：1

⑤番 MP3 85

M：ごめん、明日いっしょに遊園地に行く予定、だめになっちゃった。

F：1. そうだね、きっと楽しかったよ。

　　2. 忙しいのに、恐れ入ります。

　　3. そんな！楽しみにしてたのに。

第5題

M ：抱歉，明天説好一起去遊樂園，去不成了！

F ：1. 是啊，一定很好玩呢！

　　2. 很抱歉，在您那麼忙的時候打擾您。

　　3. 怎麼會那樣！我還很期待的説⋯⋯。

答案：3

6番 MP3 86

M：すみません、頼まれていたコピー、忙しくてまだやっていません。

F：1. 知らないわ。このあとすぐに頼みましょう。

　　2. だいじょうぶよ。時間のあるときにお願い。

　　3. 困ったわね。今すぐ席を外してちょうだい。

第6題

M：對不起，妳要我印的東西，因為太忙，還沒有印。

F：1. 我不管喔！之後立刻拜託誰吧！

　　2. 沒關係喔！有空的時候再麻煩你。

　　3. 傷腦筋耶！請現在立刻離開位置。

答案：2

7番 MP3 87

F：ふられるなら、告白するんじゃなかった。

M：1. もう一度、自分らしくがんばってみようよ。

　　2. 自分から告白してみればよかったのに。

　　3. 気持ちを伝えられたんだから、十分だよ。

第7題

F：早知道會被甩，就不該告白。

M：1. 再一次，用自己真實的模樣，努力看看啦！

　　2. 如果試著自己告白就好啊……。

　　3. 能夠把心意傳達給對方，就足夠了啊！

答案：3

❽番 MP3 88

M：あのう、お嬢さん、何か落ちましたよ。

F：1. ああ、どうも。大事なものなので助かりました。

　　2. いえ、これからはどうぞお気をつけください。

　　3. それなら、わたしのほうからお届けします。

第8題

M ：那個，小姐，妳什麼掉了喔！

F ：1. 啊，謝謝。因為是很重要的東西，真是得救了。

　　2. 不，日後請多多小心。

　　3. 那樣的話，我這邊來奉上。

答案：1

❾番 MP3 89

M：わたしが席を外してるとき、何か伝言がなかった？

F：1. たぶん、そちらにいらっしゃいましたよ。

　　2. ああ、出かけていることは了解しました。

　　3. ええ、なかったと思いますけど……。

第9題

M ：我離開位子的時候，沒有留言嗎？

F ：1. 大概，都在您們那裡了喔。

　　2. 啊，出門的事情我了解了。

　　3. 是的，我想是沒有……。

答案：3

⑩番 MP3 90

M：斎藤のやつ、また遅刻かな。

F：1. あるよね。また出かけるつもりだよ。

2. たぶんね。時間どおりに来たことがないもの。

3. 今度こそ、間に合ってよかったね。

第9題

M ：齋藤那傢伙，又遲到了嗎？

F ：1. 有吧！又打算出門了喔！

2. 大概吧！因為他從沒有準時來過。

3. 這次能來得及，真是太好了呢！

答案：2

---

⑪番 MP3 91

F：どうしたの？元気がないじゃない。

M：1. じつは悩んでることがあって。

2. いや、そんなもんだよね。

3. じゃあ、元気があるようにね。

第11題

F ：怎麼了？是不是沒有什麼精神？

M ：1. 其實我有正在煩惱的事情。

2. 不，就那樣啊！

3. 那麼，希望你有精神喔！

答案：1

⑫番 MP3 92

M：ああ、せっかく海外旅行に行けると思ったのに。

F：1. いや、国内旅行はとてもいいよ。

　　2. ええ、それは楽しみですね。

　　3. えっ、また仕事が入っちゃったの？

第12題

M ：啊～，本來以為難得可以出國旅行，結果……。

F ：1. 不，國內旅行非常好喔！

　　2. 是的，那很值得期待呢！

　　3. 咦？又有工作進來了嗎？

答案：3

⑬番 MP3 93

M：ごみの分別がまた厳しくなるんだって。

F：1. また？めんどくさいな。

　　2. かろうじて分別するよ。

　　3. ひょっとして迷惑かな。

第13題

M ：據說垃圾分類，又變得更嚴格了。

F ：1. 又來了？真麻煩啊！

　　2. 就勉勉強強分類吧！

　　3. 說不定會添麻煩啊！

答案：1

問題5

> 問題5では、長めの話を聞きます。この問題には練習はありません。
>
> メモをとってもかまいません。
>
> 問題5是長篇聽力。這個問題沒有練習。
>
> 可以做筆記。

1番、2番

> 問題用紙に何も印刷されていません。まず話を聞いてください。それから、質問とせんたくしを聞いて、1から4の中から、最もよいものを一つ選んでください。
>
> 第一題、第二題
>
> 問題紙上沒有印任何字。首先，請聽會話。接著，請聽提問和選項，然後從1到4裡面，選出一個最適當的答案。

留学生が学校の教務の人と話しています。

M：アルバイトを探しているんですが、何かいい仕事はありませんか。
わたしはシンガポール出身で、英語も中国語もできます。

F：いろいろありますよ。働きたい時間を教えてください。

M：はい。学校の授業が終わったあとなので、夕方の5時半から夜12時
くらいがいいです。コンビニとかスーパーとかの仕事がいいんじゃ
ないかなと思っています。

F：でも、それじゃ、復習や予習をする時間がありませんよ。勉強に支
障が出ると成績にも影響しますから、おすすめできません。

M：でも、生活費が足りないんです。がんばって働かないと……。

F：それじゃ、ビルの清掃の仕事はどうですか。平日は3時間くらい働
いて、週末多めに働くとか。

M：すみません。腰が悪いので、体を使う仕事はちょっと……。

F：そうですか。コンピューターの操作は得意ですか。

M：はい、シンガポールの大学で必修科目だったので、しっかり学びま
した。

F：それはよかった。ゲーム会社で入力の仕事を募集してるわよ。英語
ができる人を優遇するって書いてある。時給もかなりいいわよ。

M：ぜひ、応募させてください。

F：じゃあ、まず履歴書を書きましょう。書き方は教えてあげるから、
心配しなくてだいじょうぶよ。

M：よろしくお願いします。

男の留学生はどのアルバイトに応募しますか。

1. 掃除会社のビル清掃

2. コンビニのレジ打ち

3. ゲーム会社の入力

4. コンピューター会社の事務

第1題

留學生正和學校教務處的人說話。

M ：我想找工讀，有什麼好的工作嗎？我是新加坡人，會英文也會中文。

F ：有各式各樣的喔！請跟我說你想工作的時間。

M ：好的。由於要學校下課以後才可以，所以黃昏五點半到晚上十二點左右比較
好。我想，是不是便利商店或是超級市場的工作比較好呢？

F ：但是，那樣的話，就沒有複習和預習的時間了喔！讀書出問題的話，會影響
成績，所以不建議。

M ：但是，生活費不夠。不努力工作不行……。

F ：那樣的話，大樓的打掃工作如何呢？平日工作三個小時左右，週末多工作一
些之類的。

M ：對不起。由於腰不好，所以要用到身體的工作有點……。

F ：那樣啊！你擅長電腦操作嗎？

M ：是的，在新加坡的大學那是必修科目，所以我學得很徹底。

F ：那太好了。遊戲公司有應徵打字的工作喔！寫著會英語的人待遇從優。時薪
也相當好耶！

M ：請務必讓我應徵。

F ：那麼，先寫履歷表吧！我教你怎麼寫，不要擔心，沒問題的！

M ：拜託您了！

男留學生要應徵什麼樣的工讀呢？

1. 打掃公司的大樓清掃
2. 便利商店的收銀
3. 遊戲公司的打字
4. 電腦公司的行政

答案：3

❷番 MP3 95

ドラッグストアの会議で話しています。

M ：最近、近所に大型のドラッグストアができて、お客さんがかなり
　　減ったよね。社長から改善策を出すように言われてるんだけど、
　　何かいい案はないかな。店長の須藤さん、何かない？

F1：そうですね。わたしも行ってみたんですが、確かにお客さんがた
　　くさん入っていました。でも、人気の商品は薬や化粧品じゃない
　　みたいです。

M ：どういうことかな。

F1：わたしが行った時間がお昼ごろだったのも関係しているのかもし
　　れませんが、お弁当のコーナーに人がたくさんいました。

F2：あっ、わたしも知ってます。あの店はおにぎりやからあげ、コロ
　　ッケなんかのお弁当類も売っているそうです。品数が豊富なうえ
　　に、値段もコンビニより安いって、妹が言ってました。うちの妹
　　もほとんど毎日、買ってるみたいです。

F1：そういえば、デザートやドリンクもいろいろあって、ライバル店
　　ですが、わたしも買ってしまいました。それに、野菜や果物もあ
　　るので、主婦にも人気だと思います。

M ：ドラッグストアだけど、いろんなものを売っているんだな。それ
　　に、安くていいものがあれば、お客さんは集まるもんな。それ
　　じゃ、かなわないはずだ。でもさ、何かあるはずだよね。うちに
　　しかできないこと。

F2：はい、あります。２４時間営業にしてはどうでしょうか。子供を持

つ母親の友人が言ってました。夜中に子供の具合が悪くなること
がたまにあるんだけど、薬局は夜遅くやってないから、困ったっ
て。

M ：なるほどね。ただ、人手不足の今、２４時間やるのは難しいだろう
　　ね。ほかには？

F1：うちはもともと薬局です。薬や病気に関する知識は負けません。
　　ですから、店内でちょっとした健康診断とか血液検査なんかがで
　　きるといいのではないでしょうか。高齢化社会が進む今、そうい
　　うサービスがあってもいいと思います。

M ：おもしろい提案だね。さっそく社長に提案してみるよ。

社長にどんな改善策を提案することになりましたか。

1.　２４時間営業

2.　野菜や果物の販売

3.　デザートを豊富に陳列

4.　検査や診断のサービス

第2題

藥妝店的會議裡，大家正説著話。

M ：最近，附近開了大型的藥妝店，我們的客人減少很多啊！社長要我們提出改
　　善對策，大家有什麼好的提案嗎？須藤店長，有沒有呢？

F1：是啊！我也跑去看看了，的確進去很多客人啊！但是，受歡迎的產品，好像
　　都不是藥品或是化妝品。

M ：這是怎麼一回事呢？

F1：可能也是我去的時間是中午左右，所以便當區人很多。

F2：啊，那個我也知道。聽説那家店，也有賣飯糰或是炸雞塊、可樂餅等便當。不但品項豐富，而且價格也比便利商店便宜，我妹妹跟我説的。我妹妹好像每天都去買的樣子。

F1：對了，它們還有很多點心和飲料，所以雖然是競爭對手的店，我還是不小心買了。而且，因為還有蔬菜和水果，所以我想也很受家庭主婦的歡迎。

M ：雖然是藥妝店，但是賣著各式各樣的東西啊！而且，如果東西又便宜又好，當然吸引很多客人啊！那樣的話，怪不得我們敵不過啊！但是，總應該有什麼吧！只有我們能做的事情。

F2：是的，有。我們來二十四小時營業如何呢？我一個有小孩的媽媽朋友説的。她說有時候半夜小孩狀況不好，但是藥局沒有開到很晚，很困擾。

M ：的確是啊！只不過，人力不足的現在，做二十四小時會有困難吧！還有其他的嗎？

F1：我們本來就是藥局。有關藥品和疾病的相關知識不會輸給人家。所以，如果能在店裡做一些小小的健康檢查或是血液檢查，是不是不錯呢？現在的社會越來越高齡化，我覺得有那樣的服務很好。

M ：很有趣的提議呢！立刻跟社長提提看喔！

決定跟社長提議什麼樣的改善對策了呢？

1.　二十四小時營業

2.　販賣蔬菜或水果

3.　陳列多樣的點心

4.　做檢查或診斷的服務

答案：4

3番
ばん

まず話を聞いてください。それから、二つの質問を聞いて、それぞ
れ問題用紙の1から4の中から、最もよいものを一つ選んでください。

首先，請聽會話。接著，請聽二個提問，然後分別從問題紙的1到4當
中，選出一個最適當的答案。

③ 番
ばん

MP3 MP3
96 97

ラジオで女の人が話しています。

F1：「我が家の節電」というテーマでアイデアを募集したところ、
１８５点の応募がありました。今日はその中から、優秀賞に選ば
れた４つのアイデアをご紹介します。まず、１番は主婦の方のもの
です。「冷蔵庫の中にビニールの透明カーテンをつけて冷気を外
に逃さないようにする」というアイデアです。これでかなりの節
電になるそうです。2番のアイデアは高校生の女の子です。「全て
の家電製品は使い終わるとコンセントを抜く」というものです。
すばらしいアイデアだと思います。３番は理系の大学生からです。
「電球はできる限りLED電球に替える」んだそうです。実験した
結果も添付されています。さすが大学生ですね。そして、最後４番
は７２歳の女性です。「電気炊飯器をやめて圧力鍋に替える」と
いうアイデアです。炊飯器を使うと４５分かかるのが、圧力鍋だ
とたった5分加熱して、あとは10分蒸らすだけでいいそうです。こ
れなら節電だけじゃなく、時間の短縮にもなりますね。

M ：いろいろなアイデアがあっておもしろいね。

F2：そうね。参考になりそうなものがけっこうあったわ。

M ：どれを実践してみたい？

F2：炊飯器を圧力鍋に替えるっていうのはすばらしいと思ったわ。とくに時短になるところが、働く女性には大きなポイントね。

M ：なるほどね。俺は電球を換えるだけで節電になるんなら、やってみたいと思ったよ。

質問 **1**

女の人はどのアイデアが気に入っていますか。

1. 1番のアイデア

2. 2番のアイデア

3. 3番のアイデア

4. 4番のアイデア

質問 **2**

男の人はどのアイデアが気に入っていますか。

1. 1番のアイデア

2. 2番のアイデア

3. 3番のアイデア

4. 4番のアイデア

第3題

収音機裡女人正在説話。

F1：在「我家的省電方法」這個主題裡，我們募集各種點子，收到了一百八十五
　　件回函。今天我們從中選出四個最優秀的點子，要介紹給大家。首先，第一
　　位是家庭主婦。她的點子是「冰箱裡面裝上透明的塑膠布，讓冷氣不會跑到
　　外面」。這樣好像會相當省電呢！第二個點子來自女高中生。是「所有的家
　　電在用完之後立刻拔掉電源」這樣的點子。我覺得是很棒的點子。第三個是
　　來自理科的大學生。內容是「電燈泡盡可能都換成LED燈泡」。而且他還付
　　上實驗結果。果然是大學生啊！然後，最後的第四位，是七十二歲的女性。
　　是「不用電子鍋，改用壓力鍋」這樣的點子。她説用電子鍋需要四十五分
　　鐘，但是用壓力鍋只要加熱五分鐘，之後再燜十分鐘就好。如此一來，不但
　　省電，還可以縮短時間呢！

M　：各式各樣的點子，真有趣啊！
F2：是啊！很多點子都很值得參考呢！
M　：妳想試試看哪個點子呢？
F2：我覺得用壓力鍋取代電子鍋這個很棒喔！尤其是縮短時間這件事，對上班的
　　女性而言是很大的誘因喔！
M　：原來如此啊！我是覺得只要換燈泡就可以省電的話，會想試試看喔！

問 1
女人喜歡哪一個點子呢？
1. 第一個點子
2. 第二個點子
3. 第三個點子
4. 第四個點子

答案：4

問 2
男人喜歡哪一個點子呢？
1. 第一個點子
2. 第二個點子
3. 第三個點子
4. 第四個點子

答案：3

國家圖書館出版品預行編目資料

新日檢N1聽解30天速成！　新版 /
こんどうともこ著、王愿琦中文翻譯
-- 修訂二版 -- 臺北市：瑞蘭國際，2024.02
240面；17 x 23公分 --（檢定攻略系列；92）
ISBN：978-626-7274-90-3（平裝）
1. CST：日語　2.CST：能力測驗

803.189　　　　　　　　　113001395

檢定攻略系列 **92**

新日檢N1聽解30天速成！ 新版

作者｜こんどうともこ
中文翻譯｜王愿琦
總策劃｜元氣日語編輯小組
責任編輯｜葉仲芸、王愿琦
校對｜こんどうともこ、葉仲芸、王愿琦

日語錄音｜こんどうともこ、今泉江利子、野崎孝男、鈴木健郎
錄音室｜不凡數位錄音室、純粹錄音後製有限公司、采漾錄音製作有限公司
封面設計｜劉麗雪、陳如琪・版型設計｜余佳憓
內文排版｜余佳憓、帛格有限公司、陳如琪
美術插畫｜鄭名娣、KKDRAW

瑞蘭國際出版

董事長｜張暖彗・社長兼總編輯｜王愿琦
編輯部
副總編輯｜葉仲芸・主編｜潘治婷
設計部主任｜陳如琪
業務部
經理｜楊米琪・主任｜林湲洵・組長｜張毓庭

出版社｜瑞蘭國際有限公司・地址｜台北市大安區安和路一段104號7樓之一
電話｜(02)2700-4625・傳真｜(02)2700-4622・訂購專線｜(02)2700-4625
劃撥帳號｜19914152 瑞蘭國際有限公司
瑞蘭國際網路書城｜www.genki-japan.com.tw

法律顧問｜海灣國際法律事務所　呂錦峯律師

總經銷｜聯合發行股份有限公司・電話｜(02)2917-8022、2917-8042
傳真｜(02)2915-6275、2915-7212・印刷｜科億印刷股份有限公司
出版日期｜2024年02月二版1刷・定價｜480元・ISBN｜978-626-7274-90-3